JN318371

ファラウェイ

英田《あいだ》サキ

ILLUSTRATION：円陣闇丸《えんじんやみまる》

ファラウェイ

LYNX ROMANCE

CONTENTS

ファラウェイ

1

モップで廊下を拭《ふ》いていたら、曲がり角のところで誰《だれ》かとぶつかった。背後から衝突された格好だったので、羽根珠樹《はねたまき》は「わっ」と声を上げて前に転がった。

「すみません。お怪我《けが》はないですか？」

後ろから聞こえた男の声は、低音だが甘さもあるいい声だった。珠樹は四つん這《ば》いのまま、慌てて振り返った。

「だ、大丈夫です。こちらこそすみませ――」

口が「せ」の形のまま固まった。それくらい驚いたからだ。目の前にいるのは、唇を閉じるのも忘れるほど、ものすごくハンサムな外国人だった。

ノーネクタイの着崩したスーツに黒いロングコートを羽織った男は、片膝《ひざ》をついて珠樹に手を差し出している。その姿があまりに格好よすぎてまるで映画のワンシーンみたいに見え、一瞬ここが病院の廊下だということを忘れそうになった。

短めに整えられた髪は艶《つや》やかな黒だ。瞳《ひとみ》も黒っぽいが、よく見るとやや緑がかった暗緑色だった。

肌の色は白いので白人だろうと思うが、顔立ちはどことなくエキゾチックで中東あたりの血統が混ざっているようにも見える。

男の背後には、細身の日本人男性と大柄な黒人男性がいた。随分と国際色豊かな集団だ。

「どうしました？　どこか痛みますか？」

流暢《りゅうちょう》な日本語で心配そうに聞かれ、珠樹はハッと我に返った。

「い、いえ、大丈夫です。全然平気です。本当にすみませんでした」

手を借りずに珠樹が立ち上がると、男も立ち上がった。背が高い。軽く百八十センチ以上はありそうだ。珠樹は百六十七センチしかないので、並んで立つと身長差が際だってしまう。

「お前、もしかして男か……？」

男の口調が急にぞんざいになった。顔つきもさっきまであんなに優しげだったのに、今は別人みたいなしかめっ面だ。

「はい、男です。それが何か……？」

私服の時は滅多《めった》にないのだが、少しだぼっとした清掃員の制服を着て、頭に帽子を被《かぶ》って院内を歩いていると、たまに女性と間違われる。だからこの外国人も勘違いしたのだろうと推測できたが、男とわかった途端、ここまで態度が悪くなる人間も珍しかった。

「ったく、男のくせにピンクの服なんか着るなよな。紛らわしいんだよ」

外国人は腹立たしそうに文句を言うと、「邪魔だ、どけ」と珠樹を押しのけた。おかげでまた転びそうになったが、バランスを保ってどうにか踏ん張った。

　長い足でずんずん歩いていく不機嫌丸出しの背中を見送りながら、なんだ、あれ、と呆《あき》れた。自分が勝手に間違えたくせに失礼な奴《やつ》だ。それにこっちだって好きでピンクの服を着ているわけじゃない。制服なんだから仕方がないのだ。

「申し訳ありません。失礼な態度を彼に代わってお詫《わ》び致します」

　一緒にいた日本人の男性が話しかけてきた。言葉は丁寧だが抑揚を欠いた言い方のせいか、どことなく冷たく聞こえる。声だけでなく雰囲気にも冷たい印象があった。

　さっきの男とは対照的に、地味なスーツをきちんと着こなした真面目《まじめ》そうな男性だ。年は三十歳くらいだろうか。ほっそりしているが適度な肩幅と胸の厚みがあり、決して貧弱な印象は受けない。すっきり整った顔にノンフレームの眼鏡《めがね》をかけていて、嫌みなほど理知的に見えた。

「いえ、全然平気です。お気づかいなく」

　珠樹の言葉に眼鏡の男は軽く一礼し、黒人の男性と一緒に男を追いかけて去っていった。ダークスーツを着た黒人のほうは、格闘家かアメフト選手のような立派な体格をしていた。まったくもってよくわからない集団だ。

「珠ちゃん、あんたえらい人とぶつかっちゃったねー」

　清掃員仲間のミツさんこと関根光子《せきねみつこ》が、声をひそめて話しかけてきた。通りがかって一部始終を見ていたようだ。

光子は若く見えるがもう還暦を過ぎており、二十歳の珠樹のことを孫のように可愛《かわい》がってくれている。いつも珠ちゃん珠ちゃんと気さくに話しかけてくれる優しい人だ。

「ミツさん。さっきの人、誰か知っているんですか？」

「知ってるよ。あんた昨日は休みだったから、何も知らないんだね。……もう休憩の時間だから、休憩室でゆっくり話したげるわ」

情報通というか地獄耳というのか、この松井総合病院《まついそうごうびょういん》の中で起きたことは、何から何まですべて光子の知るところとなる。

外科の某医師が若い看護師と浮気しているとか、昨日、入院した患者が有名芸能人の家族だとか、ありとあらゆることを知っていて、真相のほどは定かではないにしても病院の生き字引みたいな存在なのだ。

休憩室に入ると清掃員のおばちゃんたちがテーブルに集まり、お茶やコーヒーを飲んでにぎやかにお喋《しゃべ》りしていた。ほとんどが五十代、六十代の女性だが、みんな明るくて元気がいい。

「ミツさんと珠ちゃんはコーヒーでいい？」

世話焼きのたぐっちゃんこと田口佐恵《たぐちさえ》が、ふたりにコーヒーを持ってきてくれた。珠樹と光子は礼を言い、空いた椅子《いす》に並んで腰を下ろした。

「珠ちゃんがさっきぶつかったイケメン外人はね、ユージン・マクラードっていうの。マクラード家って知ってる？」

「なんとなく聞き覚えはありますけど……」

「やだ、珠ちゃん、知らないの？　マクラード家っつったらさ、アメリカの大金持ち一族じゃない。目の玉飛び出るくらいの超セレブよ」

向かい側に座っていた山崎《やまざき》純子《じゅんこ》が、身を乗り出して会話に加わってきた。純子はワイドショーと女性週刊誌が大好きな女性だ。いつも芸能人の話をしている。

「そんでもってユージン・マクラードっていえば、人気歌手や有名女優と浮き名を流しまくってるプレイボーイなわけよ。向こうのゴシップニュースにはよく名前が出てくる、知る人ぞ知る有名人なのよ。今、二十六歳だったかしら」

「へえ。でもなんでそんなすごい人が日本にいるんですか？」

光子が「それはさ」と人差し指を立てて、上に向かって指した。

「最上階の特別室に父親が入院してるからだよ。あのイケメン外人のお父《とう》さん、なんと駐日アメリカ大使なんだって。嫁がマクラード家の人間で、言ってみれば入り婿みたいなもんだね。そのおかげで大使になれたんじゃないかって噂《うわさ》もあるらしいけど、まあ、それもあり得る男前だよ。その大使が急性膵炎《すいえん》でうちの病院に運び込まれてきて、息子のあの子は見舞いのために来日したんだって。昨日、あの子が初めて現れた時は、看護師たちも目の色を変えてキャーキャー騒いでたね。まあ、あれだけ格好いいと無理はないけどさ」

「アメリカ人なのに日本語ぺらぺらでしたよ。あれはどうしてなんでしょう？」

「ユージンの母親は日米ハーフで、大の親日家なんだってさ。それで息子にも子供の頃《ころ》から日本語を覚えさせたって話だよ。ちなみにユージンと一緒にいた眼鏡の男は日本人じゃなくて、アメリカ国籍の日系人だって。ユージンの秘書っつったかね？」

光子に聞かれた純子は「そうそう」と勢いよく頷《うなず》いた。

「名前はショーン・サワグチ。それでもって黒人はユージンのボディガードで、名前は確かダン・ハワードっていったかしら。すんごい、いい身体《からだ》してるわよねぇ」

昨日、初めてこの病院にやって来た見舞客のことを、よくそこまで詳しくリサーチできたものだと心から感心した。おばちゃんたちの情報収集力は興信所も顔負けだ。

「大使にずっとつき添ってる若い金髪の女がいるよね？　あれって誰なの？」

「あれは大使館の職員だって話だけど、本当はこれでしょ。絶対そうよ」

光子が小指を立てるとおばちゃんたちが「やーねー」とか「あらまー」とか言いながら顔をしかめた。でもみんな目が輝いて生き生きとしている。

休憩時間はマクラード家の噂話に終始し、珠樹は自分がぶつかったあの青年が、どれだけすごいお金持ちなのかという事実を嫌というほど教えられた。あまりにすごすぎてレベルが違うというよりも う世界が違う。時給いくらで働いている珠樹には、すべてが別世界の話だった。

そのせいか羨《うらや》ましいとか妬《ねた》むとか、そういった心情はこれっぽっちも湧《わ》かず、逆にたいした関心も持てず、まあそういう人たちも世の中にはいるってことだよな、とすんなり納得できた。

休憩が終わると珠樹は最上階に向かった。上の階から順番にトイレの点検をして回ることになっていたからだ。

松井総合病院の最上階は特別フロアとも呼ばれ、一番いい個室の病室には政治家や大企業の社長といった、金も地位もある人間がよく入院してくる。雰囲気も設備もホテルのスイートルームさながらで、病室とは思えないほど贅沢《ぜいたく》な部屋だ。

廊下に設置されたトイレまで他《ほか》のフロアと違っている。広々としたパウダールーム。個室の便座は暖かくウォシュレットまで完備されていて、たまにここで用を足したくなるほどだ。怒られるからしたことはないが。

本格的な掃除は午前中にしているので、午後からは点検だけだ。珠樹が個室をひとつひとつ開けてトイレットペーパーの予備や汚れの有無などを点検していると、背の高い男が入ってきた。

思わず「あ」と言いそうになった。さっきぶつかった男、ユージン・マクラードだった。ユージンは仏頂面で入ってきたかと思うと、用も足さずに鏡の前で自分の顔を見つめだした。

ナルシストかよ、と心の中で突っ込みを入れ、後ろを通り過ぎようとしたら、「おい」と呼び止められた。

「お前、さっきぶつかった奴だよな。何歳だ？」

鏡越しに問いかけてくる態度は横柄で、珠樹は本当にえらそうな男だと呆れた。

「二十歳です」

「はたち……？　ってことは二十歳？　本当にっ？」

ユージンは驚いた表情でくるっと身体を回転させ、珠樹をまじまじと眺めた。

「てっきり十五、六歳くらいかと思った。チビだし顔も幼いし。……ふうん。もう成人してたのか。いい年してそんな仕事に就いて楽しいのか？」

小馬鹿《こばか》にした目つきだった。ムカッときたが、こういう手合いはこっちが怒れば図に乗るものだ。

珠樹はあえてにっこり笑って「楽しいですよ」と言ってやった。

実際はいつまでもバイトで食いつないでいる今の状態に不安を覚えているのだが、清掃の仕事自体に不満はなかった。時給はそこそこいいし、職場のおばちゃんたちにも可愛がられている。それに掃除そのものは大好きだ。きれいになると気持ちがいい。

「だって人の役に立つ仕事ですから。掃除は絶対に必要でしょ。特に病院では清潔第一ですし」

「掃除なんて誰にでもできる。お前がいなくても誰も困らないんだ。そんな程度の仕事に満足しているなんて、お前も可哀想《かわいそう》な奴だな」

聞き流すつもりだったが、可哀想と言われて本気で腹が立った。初めて会った人間にそこまで言われる筋合いはない。

「別に可哀想じゃないですよ。俺がいなくても他の人が掃除する。それでいいじゃないですか。代わりがきく仕事だからレベルが低いっていうのは、おかしくないですか？　社長だって大統領だって王さまだって、死んだら次の人がなるわけでしょ？　作家だってミュージシャンだって、いなくなったら寂しがる人はいるだろうけど、他にも読む本はあるし聴く音楽はある。唯一無二の仕事なんてないと思いますよ」

本当はあるかもしれない。いや、あるだろう。でもユージンの言い草があんまりだったので、実際の自分の考えからは、ややかけ離れた言い方になった。

「な、何言ってやがる」

珠樹が一気にまくし立てると、ユージンはそこまで反論されると思っていなかったのか、やや鼻白んだ態度になった。

「清掃員と大統領を一緒にするな。全然、仕事の重要性が違うだろ」

「そうですけど、仕事は仕事です。本人が誇りを持ってやっている仕事に、他人がケチをつけるのはどうかと思いますよ。余計なお世話ってもんです」

きっぱり言い切るとユージンは舌打ちして、「生意気なガキだ」と毒づいた。

「お前の誇りなんて知るかよ。つまらない仕事をつまらないと言ってどこが悪い。ふん」

単に傲慢《ごうまん》な性格なのか、たまたま機嫌が悪いのか、珠樹にはわからなかったが、見ず知らずの人間を攻撃せずにはいられないユージンを見ていると、なんとなく苛立《いらだ》ちの捌《は》け口が欲しくて仕方がない子供に思えてきた。そのせいか無視して立ち去るのが一番と思いながらも、珠樹はついつい話を続けてしまった。

「日本語、上手ですね」

褒めるとユージンは少し得意げに「まあな」と唇の端をクイッと吊《つ》り上げた。

「子供の頃からショーンに教え込まれたから。ああ、ショーンってのはさっき一緒にいた眼鏡の男だ。人種的には日本人だが国籍はアメリカの日系人で――」

「ユージン？　トイレですか」

廊下のほうから靴音と男の声が聞こえてきた。ユージンは「噂をすればだ」と顔をしかめ、珠樹に小声で囁《ささや》いた。

「俺は隠れるから、聞かれたらいないって言ってくれ。頼む」

「え？　でも――」

ユージンは素早く個室に飛び込み、ドアを閉めてしまった。その直後、ショーンがトイレの中に入ってきた。

「先ほどは大変、失礼しました。ユージン――あの時、ぶつかった青年を見ませんでしたか？」

トイレの奥に目をやりながらショーンが尋ねてきた。

「い、いえ、見ていません。あ、あそこには別の人が入ってます」

「そうですか。もし彼を見かけたら、お父様の病室に戻るよう伝えていただけませんか」

「わ、わかりました」

ショーンがいなくなると、そっとドアが開いてユージンが出てきた。

「もう行ったか？」

「行ったけど、どうして隠れるの？　あの人、秘書なんでしょ？」

トイレに隠れるという行為があまりに子供っぽかったせいか、つい砕けた口調になった。

「よく知ってるな。あいつは確かに俺の秘書だよ。元々は俺の教育係で、俺が十歳の時からずっとそばにいるんだ。だから頭が上がらない。今回の来日もショーンがうるさく言うから仕方なく来たんだ」

「お父さんが病気で入院したのに仕方なく？」

「苦手なんだよ」

ユージンは洗面台に腰を預け、ふて腐れた顔で呟《つぶや》いた。

「厳格な親父《おやじ》とは昔からそりが合わないし、奔放で好き勝手に生きる母親も好きになれない。両親はお互い恋人をつくって好きにやってるけど、表向きはいい夫婦を演じている。そういうのもむかつくし、何もかもうんざりする」

背広のポケットから煙草《タバコ》を取り出したユージンを見て、珠樹は慌てて「病院内は禁煙です」と注意した。

「煙草じゃない。マリファナだ。お前も吸うか？」

「な……っ。マ、マリファナって、そんなもの、どこで買ったんだよっ」

「アメリカから持ってきた。知ってるか？　大使の家族にも外交官特権があるんだ。荷物はノーチェックだからなんでも持ち込める」

得意げに話すユージンに頭が痛くなった。いくらチェックされないからって非常識すぎる。

「吸っちゃ駄目だって。病院内は煙草もマリファナも禁止なの」

奪い取ってポケットに押し込むと、ユージンは「うるさい奴だな」とそっぽを向いた。


あんなに格好いいのに中身は子供。ただの我儘《わがまま》なお坊ちゃんだ。

秘書という名目だが、きっとショーンはお守り担当に違いない。あんなご主人さまに仕えるのは大変だろうな、と勝手に同情しつつ、珠樹は仕事を終えて家に帰ってきた。

「寒……」

真冬の冷たい風が身に染みる。珠樹はベージュのダッフルコートの襟もとを摑《つか》み、首をすくめた。うっかり病院にマフラーを忘れてきてしまい、首のあたりが寒くて仕方がない。

「あら、珠樹くん、お帰りなさい」

顔なじみのご近所さんに声をかけられた。珠樹の祖母と仲がよかった安田《やすだ》さんという、丸々と太ったおばさんだ。

「ただいま。今日も寒いですね」

「本当にね。……ああ、そうだ。これ、よかったらお仏壇《ぶつだん》にお供えして。浜田屋《はまだや》のお饅頭《まんじゅう》。貴代《きよ》さんの好物だったでしょ」

紙袋の中からころんとした小さな饅頭を二つ渡された。粒あんがギュッと詰まった美味《おい》しい饅頭だ。貴代が元気だった頃、よく一緒に食べた。

「わあ。いいんですか？　おばあちゃん、喜ぶと思います」

喜ぶ珠樹を見て安田さんは、「あんたもひとりで寂しいねぇ」と同情に満ちた眼差《まなざ》しを浮かべた。

「何か困ったことがあったら言うんだよ。いつでも相談に乗るからさ。じゃあね」

「はい。ありがとうございます」

貴代の知り合いはみんな珠樹にもよくしてくれる。小さい頃からそうだった。

珠樹の家は下町にある古びた一軒家だ。半年前まで祖母の貴代と住んでいたが、貴代が亡くなってからはひとりで暮らしている。年季の入った平屋で、玄関の扉も木製の引き戸だ。古いだけあってあちこちガタはきているが、珠樹にとっては住み慣れた大切な家だった。

幼い頃に交通事故で両親を一度に亡くした珠樹は、父方の祖母の貴代に引き取られた。両親のことも昔、住んでいた家のこともほとんど覚えていないので、珠樹にとってはここが生家で、貴代が親同然だった。

その貴代を失い珠樹はひとりぼっちになってしまったが、だからこそ余計にこの家を大事に思うのかもしれない。毎日、この家に帰ってくるとホッとするのだ。

家に入るとまず仏壇の前に座り、もらった饅頭をお供えして線香に火をつけ、手を合わせた。両親の位牌《いはい》と、貴代と貴代の亡くなった夫、すなわち珠樹の祖父の位牌が入った仏壇だ。祖父は珠樹が生まれる前に亡くなっているので、写真でしか顔を知らない。

——ばあちゃん。今日、病院で変な外人に会ったよ。

仏壇の前に座って貴代に一日の報告をすることは、もはや日課だった。生前の貴代にいつもなんでも話していたせいか、その癖が抜けないのかもしれない。

——仕事は今日も楽しくできました。おばあちゃんのおかげです。ありがとう。

高校卒業後、就職した会社が不況で倒産し、次の就職先がなかなか見つからなかった珠樹に、「仕事が見つかるまで、うちでバイトでもしたらどう？」と誘ってくれたのは貴代だった。貴代は六十八歳になってもまだ元気に清掃員の仕事をしており、病院側にも顔が利く存在だった。

病院の清掃はそこそこ時給がいい。珠樹は次の就職先が決まるまでと思い、貴代の口利きで清掃員のバイトを始めた。貴代の孫ということもあり、また明るくて素直な性格の珠樹は誰からも可愛がられた。急な心不全で貴代が急逝するまでの半年間、珠樹は祖母と一緒に楽しく働いた。今となっては本当にいい経験ができたと感謝している。

今でも職場のおばちゃんたちが、たまに貴代の思い出話を聞かせてくれる。それも嬉《うれ》しかった。いつまでもバイトで身を立ててもいられないと思いながらも、貴代が長年働いていた場所なだけに愛着が湧き、立ち去りがたいものを感じていた。

「珠樹ー。いるかー？　大《だい》ちゃんですよー」

夕食をつくって食べていると、玄関のほうから脳天気な声がした。

「うぃっす。お邪魔するぞ」

大きなバッグを肩から提げて台所に現れたのは、親戚《しんせき》の知久里大輔《ちくりだいすけ》だった。貴代の妹の孫なので、珠樹から見ればはとこにあたる。貴代と大輔の祖母の美代《みよ》は仲のいい姉妹で、美代がよく孫の大輔を連れてこの家に遊びに来ていた。

大輔も貴代をもうひとりの祖母のように慕っていて、大学生の時、一時この家に下宿していたこともあった。そういった事情もあり、珠樹と大輔は兄弟みたいに遠慮のない関係だ。

二十九歳になる大輔はフリーライターをしていて、あまり儲《もう》かってはいなさそうだが、いつも自由で楽しそうに生きている。

「お、メシ時だったか。俺にも食わせてくれよ。腹ぺこなんだ」

黒縁眼鏡に伸びっぱなしで手入れしていないボサボサの髪。服装はよれよれのジーンズに毛玉のできたセーター。顔のつくりは悪くないのに格好には無頓着《むとんちゃく》で、もったいないと思う。

御飯とみそ汁を出してやると、大輔は「いっただきます！」と手を合わせてものすごい勢いで食べ始めた。珠樹はもうほとんど食べ終わっていたので、残ったおかずは全部大輔にあげた。

「なあ、珠樹。悪いんだけど、しばらく泊めてくれないか？　食費は入れるからさ」

「別にいいけど、どうしたの？」

「友永《ともなが》と喧嘩《けんか》しちゃってさ。あいつ今すげぇ怒ってるから帰れないの」

友永というのは大輔の同居人で、大学時代からの友人だ。いかにも真面目な会社員という感じの人で、大輔とは正反対のタイプと言っても過言ではないだろう。

「一体、何したの？」

「あいつが大事にしてた雑誌を、うっかり廃品回収に出しちゃったんだよ。すごく古い雑誌だから、てっきりいらないものだと思ったら、大事に保存してたものらしくて、もうカンカンなんだよな。しばらくお前の顔なんて見たくもないって言われちゃった」

大輔は昔からそういう大雑把で適当な部分がある。多分、友永は何度もそういうことがあって、とうとう我慢できなくなったのだろう。

「泊まっていくのは構わないけど、怖い話とか聞かせるのはやめてよね。あ、あとそういう本とかもあちこち置いたら嫌だよ」

「はいはい。珠樹は怖がりだからな」

大輔はオカルト好きで、心霊だのUFOだの不思議な話が大好きだ。好きが高じてそっち系の雑誌や本にもよく記事を書いている。趣味は人それぞれなので何が好きでも否定はしないが、話につき合わされるのだけは苦手だった。珠樹は昔から幽霊だのお化けだのが大嫌いなのだ。

「大ちゃん、マクラード家って知ってる？」

「知ってるよ。アメリカの大富豪だろ。……ああ、そういえば、ユージン・マクラードがアメリカ大使の父親を見舞うために、自家用ジェットで一昨日《おととい》、来日したんだっけ？」

珠樹が「よく知ってるね」と感心したら、大輔は食べながら「友人に芸能系の記事を書いてる奴がいてさ。昨日、一緒に飲んだ時に聞いたんだよ」と答えた。

「そうなんだ。そのユージンと会ったよ。お父さんがうちの病院に入院してるんだ。お母さんが日米のハーフで、ユージンも日本語が喋れるんだ。ペラペラだったよ」

「へー。本物のユージン・マクラードはやっぱり格好よかったか？」

「すごく格好いいけど、中身は我が儘な子供みたいだった。すごいギャップ」

珠樹が冗談交じりに笑って言うと、大輔も「そんなもんだろ」と笑った。

「超お金持ちの世界的セレブさまだもんな。我が儘にならないほうがおかしいよ」

珠樹は頷きながら、でもどこか憎めないところもあったな、と考えた。母親が大富豪、父親がアメリカ大使。そして本人は映画俳優も真っ青の美形ときている。できすぎた話だ。なのに全然、幸せそうじゃなかった。不満だらけで、この世界は何ひとつ自分の思いどおりにならないと苛立っているような態度が、なんとなく可哀想に見えた。

清掃員のアルバイト如《ごと》きに同情されたと知ったら、ユージンは屈辱で顔を真っ赤にするだろう。珠樹だって僭越《せんえつ》だと思う。だけど人生はお金がすべてじゃない。

お金がないのはたまに不自由だし困ることもあるが、だからといって、お金がなきゃ幸せになれないなんてことはないのだ。珠樹はそのことを貴代に教えられた。

食べるのに困るほどではなかったが、珠樹が働けるようになるまでは、貴代の収入だけで生活してきたので、子供の頃から贅沢はいっさいできなかった。みんなが持ってるゲームや携帯電話や流行《はやり》のブランドの服や靴を見て、羨ましくなかったと言えば嘘《うそ》になる。

でも貴代との暮らしは楽しかった。いつも穏やかな笑みを浮かべ、愚痴をいっさい口にせず、何事も感謝しながら慎《つつ》ましく暮らす祖母が珠樹は大好きだった。大好きな貴代と毎日を過ごせることが幸せだった。

そういう幸せを知っているからこそ、お金は確かに大事なものだけど、だからといってすべてではないと自然に思えるのかもしれない。

貴代がいなくなって毎日が寂しい今は、以前より少しだけ幸せではなくなったと思う。それでもいつまでも悲しんではいられないし、暗い顔をしていると気持ちまで暗くなる。だから珠樹はできるだけ明るい顔で生活しようと心がけていた。

『珠樹。辛《つら》い時や悲しい時ほど笑いなさい。顔だけでも笑っていれば、自然と気持ちも明るくなってくるから。明るい気持ちになれば、嫌なことは忘れられるもんだよ』

貴代がよくそう言っていた。貴代が残してくれた言葉は珠樹にとって大事な財産だった。

2

翌日、珠樹が救急外来のフロアを掃除していると、入り口付近がにわかに騒がしくなった。

「患者は二十六歳男性、交通事故に遭い全身打撲、意識はありませんっ」

医師が看護師の説明を聞きながらバタバタと走っていく。交通事故で負傷した急患が搬送されてきたようだ。

邪魔にならないよう移動しようと思い、掃除道具の入ったカートを押して歩き出した時、背後から悲痛な声が聞こえてきた。

「ユージン！　ユージン……っ！」

驚いて振り返った珠樹の目に、ストレッチャーに縋《すが》りつくようにして歩いてくる男性の姿が飛び込んできた。ユージンの秘書のショーンだ。まさかと思って立ちつくしていると、看護師に「そこ空けてっ」と怒鳴られた。

珠樹は慌ててカートごと廊下の端に身体を寄せた。すぐそばを通り過ぎていくストレッチャーに横たわっていたのは、やはりユージン・マクラードだった。青白い顔で目を閉じている。

ショーンはユージンに付き添い、一緒に処置室に入っていった。

「先生、意識レベルがっ」

「心拍数、血中酸素、すべて低下しています……！」

廊下にまで医師や看護師たちの緊迫した声が聞こえてくる。扉がほんのわずか開いたままになっていた。いけないと思いつつもユージンの容態が気になってしまい、珠樹はモップで廊下を拭くふりをして中を覗《のぞ》いた。

「心肺停止ですっ」

「電気ショックの準備っ」

心肺停止――。珠樹はその言葉に凍りついた。

医師がユージンの裸の胸にパッドのようなものを押し当てた。ユージンの身体が跳ね上がる。よく医療ドラマなどで見る光景そのままだった。

「駄目です、脈拍触れません……っ」

「レベル上げてもう一度！」

医師は必死の形相で再び電気ショックを与えた。ユージンの身体はまた弾んだが、そこまでだった。

医師はモニターを見ながら「駄目か」と沈痛な声で呟いた。

「残念ですが、手遅れでした。これ以上できることはありません」

医師の無情な宣告に、ショーンが「ノー」と震える声を出した。

「そんな、そんなことって……っ。ユージン、目を開けてくださいっ。お願いだから、目を開けて私《わたし》を見てください……っ、ユージン……！」

ショーンは叫びながらユージンの身体に縋りついた。あれほど隙《すき》のない理知的な雰囲気の男が泣き崩れる姿は、直視できないほど痛々しかった。

ユージンが死んだ――。昨日、初めて会い、少し話しただけの相手だが、珠樹は強いショックを受けた。まだ二十六歳の若さなのに、こんなにも突然に亡くなってしまうなんてあんまりだ。

……見つけた。やっと見つけた。

「え？」

耳もとで声がした。少しエコーがかかったような不思議な声だったが、はっきりと聞こえた。キョロキョロと辺りを見回したが、近くには誰もいない。今のはなんだったのだろうと訝《いぶか》しく思っていると、処置室から看護師の取り乱した声が聞こえてきた。

「せ、先生、脈が動きだしました……っ、心拍数もですっ」

「何っ？」

医師は慌ててユージンの目を見て、瞳孔《どうこう》の開きを確認し始めた。だがペンライトを近づけようとした瞬間、ユージンの腕がゆっくり持ち上がり、医師の手を払いのけた。

ユージンがむくっと起きあがった。蘇生《そせい》したユージンを見て、ショーンだけでなく医師も看護師も呆然《ぼうぜん》としている。誰もが固まっていた。もちろん珠樹もポカンと口を開けたまま処置室を覗き込んでいた。

ユージンは点滴の針や身体についた機器類の端子を乱暴に引き剝《は》がし、ベッドから降りようとした。我に返った医師が「君、駄目だよっ」と押しとどめたが、ユージンは悠然と医師を押しのけ、裸足のまま歩きだした。

「ユージンっ？　どこに――」

ショーンの声が聞こえたのと同時にドアが開いた。珠樹のすぐ目の前に、ユージンのたくましい裸の胸があった。

視線を上げるとユージンと目が合った。背筋がぞくっとした。どうしてかわからないが、昨日のユージンとは違う人間に見えた。

ユージンの大きな手に肩を摑まれた瞬間、身体中に鋭いしびれが走った。

「あ……っ」

思わず声が出た。感電したみたいでびっくりしたのだ。

「やっと見つけた」

「え……？」

ユージンの呟きはさっきの幻聴と同じ言葉だった。わけがわからないまま、珠樹はユージンの顔を見上げるしかなかった。

「君、何をしているんだっ。おい、彼を早くベッドに戻してっ」

「はいっ」

医師と看護師が数人がかりでユージンをベッドに連れ戻した。ユージンは身体を拘束されて不愉快そうだったが、もう逆らわなかった。けれど視線は廊下に向けたままで、ずっと食い入るように珠樹だけを見ていた。

看護師がドアを閉めた。ユージンの視線が消えた途端、珠樹の緊張も解け、身体中から力が抜けた。心臓がドキドキしている。ユージンが生き返ったせいなのか、それとも意味不明の行動のせいなのか、珠樹自身にもよくわからなかった。

まあ、いいや、と珠樹は気持ちを切り替えて仕事に戻った。とにかくユージンが死ななくてよかった。そのひとことに尽きる。


その後、おばちゃんたちの噂話でわかったのだが、ユージンは病院の前の道路を横断しようとして、信号を無視して突っ込んできた車に撥《は》ねられたらしい。

一度は死にかけた——というか一瞬は死んだユージンだったが、不思議なことに検査の結果、身体にいっさいの異常は見られず、医師たちもまったくわけがわからず首をひねっていたそうだ。

家族と上手《うま》くいかないユージンに同情を感じていた珠樹だったが、彼に取り縋って涙するショーンを見て気持ちが変わった。あんなふうに泣いてくれる人がそばにいるユージンは、決して不幸な人間

ではない。ただ自分が恵まれていることに気づいてないだけだ。

珠樹はそんなユージンを素直に羨ましく思った。珠樹には家族もいないし恋人もいない。友達はいるにはいるが、自分から積極的に連絡を取って会いたいと思うほどではなかった。誘われたら出かけていくし会えば楽しく話しもするが、その程度の関係だ。要するに親友と呼べるほどの相手はいない。ひとりは平気なほうなので、孤独そのものに苦痛を感じることはあまりないが、二十歳にもなって他人と親密な関係を築けていない自分を、本当は寂しい人間だと思った。

彼女でもできたら違うのだろうが、好きな女の子はいないし出会いもない。職場で一番若い女性といえば三十五歳の主婦の茜《あかね》さんだ。病院の事務に若い女の子はたくさんいるが、彼女たちは清掃員のアルバイトのことなど眼中にない。当然の話だ。医師や技師を捕まえたほうが将来は安泰だ。

家に帰る道すがら、うだうだ考えていたら気持ちが暗くなってきたので、珠樹は元気よく玄関の扉を開けることにした。元気がない時ほど元気に振る舞う。それも貴代が教えてくれたことだ。

玄関の戸には鍵《かぎ》がかかっていない。大輔は家にいるようだ。

「ただいまーっ！」

大きな声を出して引き戸をガラガラと開けたその時、後ろから「ここがお前の家か」という声が聞こえた。すぐ耳もとで聞こえたので、珠樹は飛び上がりそうになった。

「え……？　ユ、ユージンっ？　どうしてここに？」

振り返ると目の前に黒いコートを着たユージンが立っていた。

「も、もしかして、俺のあとを尾《つ》けてきたのか？」

「尾けてない。お前に会いに来ただけだ」

「は？」

意味がわからない。誰かにうちの住所を聞いたとでも言うのだろうか。

「俺は約束どおり、お前に償いに来た。言ってくれ。俺は何をすればいい？」

大きな手で両肩を摑まれ珠樹はポカンとした。言ってる意味がまったく理解できない。

「ねえ、ユージン。事故の時に頭を強く打ったんでしょ？　病院でもう一度、ちゃんと調べてもらったほうがいいよ」

事故で頭がおかしくなったに違いない。本気でそう思った。

「珠樹？　玄関で何やってんだ？」

声を聞きつけたのか奥から大輔が現れた。大輔は見知らぬ外国人に肩を摑まれている珠樹を見て、ギョッとしたような顔つきになった。

「な、なんだ？　そいつ、誰だよ？　ここで何やってんだ？」

「あの、この人はあれだよ。ユージン・マクラード。昨日、話したよね」

「えっ？　あのユージン・マクラードっ？」

ユージンは珠樹の肩から手を離し、大輔に向かって「お前は誰だ」と抑揚のない口調で尋ねた。

「俺？　俺は珠樹のはとこだよ。今、この家に居候させてもらってるの。なあ、あんた本物のユージン・マクラードなわけ？」

物怖《ものお》じしない大輔は玄関まで下りてきて、しげしげとユージンを眺めた。

「この肉体は確かにユージン・マクラードのものだ。間違いない」

「……日本語、少し変だぞ？　ペラペラってわけじゃないみたいだな」

大輔が珠樹に向かって小声で言った。ああ、そうか、と珠樹は納得がいった。さっきの償いがどうとかも、もしかしたら日本語を上手く使えていないせいかもしれない。流暢な発音でも母国語ではないのだから、時には間違った言葉も使ってしまうだろう。

「本物のユージンが、どうしてこんなところにいるんだ？」

「珠樹に会いに来た」

「へえ。なんだよ、珠樹。病院でユージンと友達になったわけ？　すごいじゃん」

「や、友達って別に……。ちょっと話をしただけだし」

小さいことを気にしない大らかな性格の大輔は、「入ってもらえよ」と言いだした。

「わざわざ来てくれたんなら、おもてなししなきゃ。せっかく日本に来たんだから、庶民の生活も覗いてみたいよな、ユージン？」

大輔に気安く肩を叩《たた》かれたユージンは、意味をよく理解できていないようだったが頷いた。

「珠樹と話がしたい」

「よしよし、じゃあ入って入って。メシでも食うか？　ジャパニーズ庶民メシ、結構うまいぞ。ほら、上がって。あ、こら、靴は脱げよっ。日本の家はノー土足だ」

靴のまま家に上がろうとしたユージンだったが、大輔に注意されて靴を脱いだ。勝手に家に入れないでほしいと思ったが、どうしてユージンが自分に会いに来たのか、その理由は知りたかった。

大輔は居間の炬燵《こたつ》にユージンを座らせ、「ま、飲めよ」と日本酒を勧めた。ひとりで飲んでいたのか、炬燵の上にはスルメやナッツや煎餅《せんべい》が雑然と置かれている。

「大ちゃん、いきなりお酒はないよ」

「なんで。まずは一杯だろ？　珠樹はメシつくってくれよ。俺はユージンの相手をしてるからさ」

珠樹はやれやれと溜《た》め息《いき》をつき、台所に入った。冷蔵庫の中身と相談して豚キムチと湯豆腐とサラダをつくったが、こんなの大金持ちに食べさせるメニューじゃないと思った。

どうせ口に合わなくて文句を言うに違いないと予想していたのに、ユージンは美味しいとも不味《まず》いとも言わず、出されたものをすべて平らげた。気持ちがいいほどの食いっぷりだ。

「ユージン、口に合った？　こういう料理でも大丈夫なんだ」

「なんでも食べる。肉体を維持するための栄養素は必要だ」

「そ、そう」

確かに言い方が変だ。それにやっぱり昨日のユージンとは、あまりにも雰囲気が違いすぎる。昨日はすぐムッとしたり舌打ちしたり身体を揺すったり、どちらかというと落ち着きのない男だったのに、今日は表情がほとんど変わらないし、身体も微動だにしない。丸っきり別人みたいだ。

「ユージン、もっと飲めよ。ほら」

赤い顔をした大輔が、ユージンのグラスにまた酒を注ぐ。飲みすぎだし飲ませすぎだ。ユージンはかなり飲んでいるのに、酔った様子はまったく感じられなかった。だが何か言いたげな眼差しで、珠樹の顔ばかり見てくる。

なんなんだろう。どうしてそんなに見るんだろう。

——やっと見つけた。

処置室でのユージンの声が耳に蘇《よみがえ》ってきた。あの言葉もまったく意味がわからない。それに触れられた時のビリッとした感覚も、今にして思えば奇怪だった。静電気でバチッとなるのとはまったく違う、もっと強力で全身を貫くような熱い感覚だった。

ユージンの視線を感じながら、珠樹はどんどん落ち着かない気分になってきた。昨日の我が儘な子供っぽいユージンのほうが、まだわかりやすくてよかった。今のユージンは得体の知れない雰囲気があって苦手だ。

「なあ、ユージン。マクラード家の自家用ジェットって何台あるんだ？」

「俺が知る限り三台だ。ヘリとセスナは数え切れないほど所有している」

大輔は世界的セレブの生活に関心があるのか、ユージンに質問してばかりだ。ユージンは聞かれたことには素直に答えていたが、それがまた変な感じだった。あまりに無造作に答えるので、どこか機械的に思えてしまう。

　ふたりがいつまでも飲んでいるので、珠樹は「つき合いきれないから先に寝る」と告げて居間を出た。眠いというより、ユージンのそばにいるのが苦痛だった。あんなにじろじろ見られては誰だって嫌になる。

　風呂《ふろ》に入ったあと、自分の部屋で布団を敷いて横になった。居間のほうから時々、大輔の笑い声が聞こえてくる。本当に陽気な性格をしている。

　ユージンの存在を気にしつつも、珠樹はいつしか眠ってしまっていた。どれくらい眠ったのか、寝返りを打った際、ふと目が覚めた。

　家の中が静かだ。ユージンはもう帰ったのだろうか。それとも大輔と一緒に酔いつぶれて、炬燵で眠ってしまったのかもしれない。

　半分寝ながら、明日の朝ご飯は何を作ろうと考えていたら、襖《ふすま》がスッと開いた。真っ暗な部屋に誰かが入ってきたのがわかる。

「誰……？」

　声を出して尋ねた。黒いシルエットがゆっくりと布団のそばにしゃがみ込む。窓からの月明かりに、侵入者の顔がほのかに照らされた。

　ユージンだった。青白い頬《ほお》が闇《やみ》の中に浮かび上がっている。

「ユージン？　何？　どうしたの？」

　炬燵では眠れないとか、布団が欲しいとか、そういうことを言ってくれるのを期待していたが、やっぱり違った。

「俺を許すと言ってくれ」

ユージンの目的は薄々わかっていた。やっぱり、またあのわけのわからない言葉だ。

「……ねえ、ユージン。償いとか許すとか、まったく意味がわからない。俺とユージンは昨日、知り合ったばかりで、ユージンは俺に何もしてないよね」

昨日はぶつかられたし、さらにトイレで暴言も吐かれたが、あの程度のことを気に病むような殊勝な性格とも思えない。

「俺はお前をずっと昔から知っている。今のお前は何も覚えていないかもしれないが、俺はお前との約束を守れなかった。だから俺はこうやって許しを請うているんだ」

ユージンの目は真剣だった。真剣すぎてうんざりする。これは駄目だと思った。やっぱりおかしい。

ここまでくると異常だ。

「頼む。俺を許してくれ」

ユージンの顔が迫ってきた。顔だけではなく、身体ものしかかってくる。

「ちょ、ユージン、どいて……っ」

「お願いだ、珠樹。俺を許してくれ。許すと言ってくれ……っ」

苦しげな顔。苦しげな声。言ってる内容はまったく理解できないが、ユージンが今、ひどく苦しんでいることだけはわかった。

珠樹の肩にユージンが額を押し当てた。震える吐息を首筋に感じる。

「ユージン……」

頭がおかしくなっているのかもしれないが、こんなにも本気で許しを求められると困り果てた。どんな過ちを犯したと思いこんでいるのか知らないが、悄然《しょうぜん》とした姿が可哀想に思えてきて、突き放すのも躊躇《ため》われた。

「ねえ、ユージン。俺には何がなんだかさっぱりだけど、俺が許すって言えば楽になれるの？　だったら許すよ。俺はユージンを許す。だからもう気にしないで。ね？」

ユージンの頬に手を添え、顔を上げさせた。ユージンは「本当か？」と囁いた。

「うん。本当に。ユージンの過ちはもう許されたんだよ」

頭を撫《な》でながらそう言ってやると、ユージンはしばらくじっと何もない空を見据えていた。

「……俺は許された。ではもうお前を捜して、この世界をさすらわなくていいんだな？」

「ん？　う、うん。そうだよ」

珠樹は適当に返事をした。まともに考えれば、まったく意味がわからない。

「俺は許された……。やっと許された……」

ユージンはぶつぶつと呟きながら立ち上がると、そのまま部屋から出ていった。ひとりになった珠樹は、気の毒にと思った。やっぱり明日、再検査が必要だ。

でもユージンは生きている。頭がちょっと変になってしまっても、死んでしまうよりはずっとずっといい。生きてさえいれば、きっとどうにかなるはずだ。

珠樹は暗闇の中で自分の手のひらを見つめた。ユージンの硬い髪の感触がまだ残っている気がした。今日のユージンは本当に変だったし、ちょっと気持ち悪い感じもしたが、それでいて妙に放《ほう》っておけない雰囲気もあった。

何かに似てるな、と考え、頭に浮かんだのは迷子になった大型犬だった。怖くて近づきがたいけれど、気になって無視できない。まさにそんな感じがした。


朝、目が覚めるとユージンはいなくなっていた。大輔は先に酔いつぶれて炬燵で寝てしまったので、いつ帰ったのか知らないらしい。

「あいつ、酒強いな。相当飲んだのに、顔色ひとつ変えなかったぞ。あいてて」

二日酔いで頭が痛むのか、大輔は頭を押さえながら珠樹のつくった朝食を食べた。

「中身は我が儘な子供だって言ってたけど、全然そんなことないじゃないか。むしろ年の割には落ち着きすぎて、そこが引っかかったよ。大人っぽいっていうより老成してるっつーかさ。それにセレブだけあって浮世離れしてるよな」

初めて会った時のユージンと昨日のユージンではまったく印象は違うが、珠樹にはどちらが本当のユージンなのか知るすべはない。初日の時はたまたま虫の居所が悪かったとか、父親との対面でナーバスになっていたとか、そういったことも考えられるからだ。

しかしそれにしても昨日のユージンは異常だった。それだけは断言できる。

「でもあのユージン、ちょっとおかしかっただろ。実は昨日、交通事故に遭ってるんだ。もしかするとその後遺症かもしれないけど、言ってることが変だった」

「そうか？　たまに会話が嚙《か》み合わなかったりしたけど、俺はそんなに変だとは思わなかったな」

では自分の前でだけ言動がおかしかったのだろうか。しきりに許しを求めてきたユージンのあの真剣さは鬼気迫るものがあった。けれど大輔とは普通に話していたのなら、一時的に頭が混乱していただけなのかもしれない。頭を強打すると記憶障害を起こすことも珍しくはない。

「珠樹、今日はゆっくりだな。仕事、大丈夫なのか？」

「今日は休みだよ。昨日言ったでしょ。大ちゃんこそ仕事は？」

「俺は原稿を書くから今日は出かけない」

珠樹は朝食を済ませたあと、洗濯と掃除を終わらせてから買い物に出かけた。近所のスーパーで特売品の砂糖と卵を買えた。ホクホクしながら帰ってきて、お昼御飯は何にしようかと考えながら冷蔵庫に食材を入れていると、玄関の呼び鈴が鳴った。インターホンという気の利いたものはついていないので、珠樹は「はーい」と言いながら小走りで玄関に向かった。

ガラッと引き戸を開けた珠樹は「あ」と声を出した。ユージンが立っていた。昨日とまったく同じ服装で、どことなく憔悴《しょうすい》した様子だった。

「ユージン……。もしかしてホテルに帰ってないの？」

「お前は許すと言ってくれたが駄目だった。俺はまだお前に許されていない」

不機嫌というより不可解といった表情でユージンが呟いた。またその話かと思い、珠樹は本気でげんなりした。

「ねえ、ユージン。秘書のショーンはここにいることを知ってるの？　もし何も言わないで昨日から帰ってないなら、すごく心配してると思う。だってあの人、ユージンのこと――」

「俺はずっと考えていた。どうすればお前の許しを得られるのか。そして答えを見つけた」

ユージンは珠樹の言葉を遮り言い募った。珠樹はもう嫌だと思った。どうして自分にだけ、わけのわからないことばかり言ってくるのだろう。

「ユージン、もういい加減にしろよ。俺、そんな話、聞きたくない。悪いけど帰ってほしい」

「どうした、珠樹？　……あれ、ユージンじゃないか。また来たのか」

奥から現れた大輔はユージンの姿を見て嬉しそうに笑った。すっかりユージンのことが気に入ったようだ。

「日本の庶民的暮らしが気に入ったのか？　だったら上がって一緒に昼飯を食ってけよ」

「大ちゃんっ。勝手に決めないでよ」

「なんで？　いいじゃないか。せっかくこうやって来てくれたんだ。追い返すなんて可哀想だろ？　さ、入れ入れ」

大輔が手招きすると、ユージンは頷いて玄関の中に入ってきた。本当にもう、と珠樹は内心で溜め息をついた。誰の家だかわかったものではない。

「珠樹」

ユージンは玄関に入るなり珠樹の名前を呼んだ。なんだろうと思って見上げると、吸い込まれそうな濃いグリーンの瞳がそこにあった。

「俺はお前の心が欲しい。お前の心を手に入れたい。――だから俺の恋人になれ」

珠樹は五秒ほど考えてから、「今、なんて言った？」と聞き返した。

「俺の恋人になれと言ったんだ」

「……大ちゃん。ユージンの言ってることわかる？　俺、意味がよくわかんないんだけど」

助けを求めるように大輔を見たら、「すげぇな！」という返事になってない言葉が返ってきた。

「お前、ユージン・マクラードに求愛されたぞ！　玉の輿《こし》じゃんっ」

玉の輿……。頭がくらっとした。なんでそういう反応になるんだ。大輔に常識的見解を期待した自分が馬鹿だった。男同士で玉の輿もくそもない。

「ユージン、珠樹のどこを気に入ったわけ？　珠樹って性格も顔も悪くないし、身内の俺から見てもすげぇいい子なのは保証するけどさ。でも世界的セレブが惚《ほ》れるにはちょっと普通すぎないか？」

「性格も顔も関係ない。俺に必要なのは珠樹の中にある魂だ。珠樹の魂そのものが欲しい」

「……た、魂？　ユージンって見かけによらず、情熱的なんだな」

さすがの大輔も少々、引き気味だった。珠樹に至ってはドン引き状態だ。いきなり恋人になれとか魂が欲しいとか、常軌を逸しているとしか思えない。

「やっぱり帰って。俺は男に興味なんてないから、変なこと言われても困る」

「女の姿になれば俺を愛してくれるのか？　それなら今すぐにでも女の身体を手に入れてくる」

「な、何、馬鹿なこと言ってんだよっ」

今すぐ性転換手術を受けに行きかねないユージンの真剣さに、珠樹は狼狽《ろうばい》した。思いつきでそんな真似《まね》をされたら大変だ。

「女になっても一緒だよっ！　俺はユージンの恋人になんてならない。お願いだから、もう帰ってよ。迷惑なんだっ」

ユージンの身体をぐいぐい押して外に追いやった。

「珠樹。どうすれば俺を好きになってくれるんだ？」

問いかけてくる瞳は悲しげだった。懐いて近寄ってくる犬を、冷たく追い払っているみたいで胸が少し痛くなった。でもユージンは犬ではない。だから困る。

「ショーンのところに帰るんだ。あの人、絶対にユージンのこと心配してるから。俺、自分勝手な人って嫌いだよ。それからうちには二度と来ないで」

そう告げて、心を鬼にして引き戸を閉めて鍵をかけた。背後で大輔が「あーあ」と溜め息交じりの声を出す。

「別に閉め出さなくてもいいのに。可哀想じゃないか」

「あのね、大ちゃん。俺の身にもなってよ。大ちゃんだってよく知らない外国の男の人から、いきなり恋人になれって言われたら困るでしょ？」

珠樹が眦《まなじり》を吊り上げて反論したら、大輔は「うーん」と腕を組み、「確かに困るかも」と頷いた。

「だったらもう何も言わないでよ。またユージンが来ても、勝手に家に上げないで。いい？　絶対だよ？　もし家に入れたらすぐに出ていってもらうから」

「わ、わかったよ。わかったからそんな怖い顔すんな。可愛い顔が台無しだぞ。……さてと、昼飯ができるまで、もう一仕事すっかなぁ」

大輔は逃げるような足取りで居間へと入っていった。珠樹は玄関に立ったまま、肩を落として力ない吐息を落とした。

ユージンという男がまったくわからない。許してくれと迫ってきたかと思えば、今度は恋人になれと言ってくる。かといって最初から珠樹に下心があったというふうにも見えなかった。

一体、彼は何がしたいのだろう。不可解な気持ちは深まる一方だった。


翌日、珠樹は何事もなく午前中の仕事を終え、休憩室に足を向けた。お昼休みはいつもおばちゃんたちと一緒に、休憩室で持参したお弁当を食べている。

「本当に男前だね～」

休憩室のドアを開けて中に入った途端、おばちゃんたちの黄色い声が耳に飛び込んできた。

「キアヌ・リーブスやトム・クルーズよりハンサムじゃない？」

「やだ、前田《まえだ》さんたら。そのふたりじゃ、ちょっとおじさんすぎるわよー」

「あ、珠ちゃん、来た来た。ハンサムさんがお待ちかねだよ」

珠樹に気づいた純子が、満面の笑みを浮かべて手招きした。まさか、そんなはずは、と思いながら足を進めると、パイプ椅子に座ったユージンがおばちゃんたちに取り囲まれていた。

「ユージン……。ど、どうしてここに？」

「あんたに会いに来たんだってさ。ねえ、ユージン？」

純子に聞かれたユージンは小さく頷き、テーブルの上に置いてあったいくつかの紙袋を指差した。どれもブランド品のロゴが入った、見栄えのいい紙袋ばかりだ。

「これを渡しに来た。俺からのプレゼントだ。受け取ってくれ」

「すごいじゃない、珠ちゃん。ユージンといつの間に仲良くなったんだい？」

「さすがお金持ちよね。全部、ハイブランドばかり」

わいわいと盛り上がるおばちゃんたちを無視して、珠樹はユージンをにらみつけた。

「いらない。悪いけど全部持って帰って」

「どうして怒っているんだ。プレゼントが少なすぎたのか？　ならもっと買ってくる」

あまりにも見当違いな言葉が返ってきたので脱力しそうになった。人のいる場所では話し合えないと思い、珠樹は「外で話そう」と声をかけ、テーブルの上に置かれていた紙袋をすべて手に持った。ユージンは素直に立ち上がり、休憩室を出る珠樹のあとをついてきた。

興味津々のおばちゃんたちが聞き耳を立てているだろうから、場所を変えたほうがいい。珠樹は廊下の突き当たりまで行き、非常階段のドアを開けて外に出た。ここなら人目につかない。

「ユージン。どうしてこんなことするんだよ。俺にはプレゼントなんてもらう理由がない」

「俺には贈る理由がある。お前の気を引きたい。お前はどうして喜ばない？　プレゼントを贈れば大抵の人間は喜ぶものだ」

確かにプレゼントは嬉しいものだ。でもそれは時と場合による。いきなり恋人になれと言ってくるような男からの高価なプレゼントなんて、怖くて受け取れるわけがない。

「お前は何を与えられたら喜ぶんだ。地位か？　名誉か？　それとも金か？」

「何もいらない。なんにも欲しくないから、俺のことは放っておいてくれ」

懇願するように言ったがユージンは意に介さず、「そういえば」と話を続けた。

「お前の家はかなり貧相だったな。俺が建て替える金を出してやろう」

小馬鹿にしたような言い方ではなく、ユージンの態度は真面目だった。だからこそ余計に悔しくなった。人の家のことをとやかく言うなんて、そんなのあまりにも無礼で無神経だ。

珠樹は瞬間的に芽生えた怒りのまま、ユージンの頬を引っぱたいていた。人の頬を叩いたのは、これが生まれて初めてだったが、悪いことをしたという気持ちはまったく湧かなかった。

「お前って最低だなっ。どれだけのお金持ちさまか知らないけどさ、お金で人の心が買えるとでも思ってるのか？」

怒りのあまりお前と叫んでしまった。でも構いはしない。もう年上も家柄も関係ない。ここにいるのは失礼極まりない、ただの勘違い男だ。

ユージンは珠樹に頰を叩かれ、やや不機嫌な表情になったものの、特に怒った様子も見せず「では、どうすればいい？」と冷静に言い返した。

「俺はどうすれば、お前の心を手に入れられるんだ」

「そ、そういうことを本人に聞くのが、すでにおかしいんだよっ」

いい年をして今までどんな恋愛をしてきたのだろうと呆れた。もしかしたら言い寄ってくる相手に事欠かず、自分から誰かを好きになって働きかけたことが一度もないのだろうか。それにしてもひどすぎる。まるで中学生の恋愛だ。

「大体、恋人になれとか俺の心が欲しいとか言うけど、口先だけって感じがしてしょうがないんだよね。ユージンは本当に俺のことが好きなわけ？」

「俺がお前を好きかどうかは関係ない。重要なのはお前が俺を愛するかどうかだ」

「……」

返すべき言葉も見つからず黙り込んだ。こういうのを傲慢とか唯我独尊とかいうのだろうか。もう何もかもが珠樹の理解を超えていて、段々と馬鹿馬鹿しくなってきた。

「ユージン。俺のこと、からかってるわけ？」

「からかってなどいない。俺は真面目な話をしているつもりだ。俺はお前に愛されないと困る。それは極めて真剣で深刻な話だ」

「そう。だったら言わせてもらうけど、俺は絶対に、何があっても、お前を愛したりしない。土下座されても、大金を積まれても、絶対だよ」

「どうしてだ？　理由を教えてくれ」

「ユージンが俺のことを全然愛してないってわかるからだよ。自分のことをこれっぽっちも思ってない相手に何を言われたって、気持ちが動くはずがない」

　本当なら自分はゲイじゃないから、男に求愛されても応《こた》えられないと言うだけで済む話なのに、ユージンがあまりにもずれているので、そんな言い方になってしまった。これだとユージンさえ本気なら、自分にも応える準備はあると言っているみたいだ。

「と、とにかく、もう俺につきまとわないでよ。俺、ユージンの恋人になんか絶対に絶対になれないから」

　持っていた紙袋をユージンに押しつけ、珠樹は逃げるようにその場を離れた。休憩室に戻るとおばちゃんたちの質問攻撃が待っていたが、珠樹は黙々とお弁当を食べてすべての質問を無視した。

　あらら、どうしちゃったの珠ちゃん。やだよ、この子、珍しくむくれてるじゃない。そんな雑音もすべて無視していると、見かねた光子が「もういいじゃないの」と助け船を出してくれた。

「珠ちゃんは話したくないんだよ。もう放っておいてあげな」

光子のそのひと言が効いて、おばちゃんたちは珠樹のそばから離れていった。

お昼の休憩時間が終わり、午後の仕事が始まったが、珠樹の気持ちはずっと尖《とが》ったままだった。結局のところ、ユージンにいいようにからかわれた気がする。

有名な歌手や美人女優と浮き名を流してきたプレイボーイが、あんなおかしな口説き方をするだろうか？　事故で頭を打っておかしくなったとしても変すぎる。

すべて手の込んだ悪戯《いたずら》だったのかもしれない。生意気な態度の日本人の坊やを、暇つぶしにからかってやろう。そんなことでも考えついて――。だけど悪戯であそこまでするだろうか？

つらつらと考え込みながら廊下をモップで拭いていたせいで、通りがかった看護師の足にモップをぶつけてしまった。

「きゃっ」

「あ、す、すみませんっ」

看護師はムッとした表情で珠樹を一瞥《いちべつ》して歩き去っていった。ああもう、俺、何やってんだろう、と溜め息が出た。金持ちの気まぐれに振り回されて、こんなふうにぐだぐだ考え込んでいる自分が情けない。

憂鬱《ゆううつ》な気持ちのまま午後の仕事が終わった。珠樹は光子と一緒に病院の裏手にある職員専用の通用口を出た。光子とは使う駅が違うので、病院の裏通りで別れた。

「珠ちゃん。何があったのか知らないけどさ、元気出しなよ。ほら、飴玉《あめだま》、あげるからさ」

別れ際に光子がバッグから取り出したオレンジ色の飴を、珠樹は礼を言って受け取った。ひとりになるとすぐに包みを解いて、飴を口に入れた。甘い味が舌の上でじんわりと広がる。

貴代もいつも鞄《かばん》に飴を入れていて、一緒に出かけるたび「飴、舐《な》めるかい?」と珠樹にくれたものだ。家では飴なんて食べないのに、不思議と出先で貴代から勧められると手が伸びた。

飴を口の中で転がしながら、美味しいと思った。貴代が亡くなってから飴なんて、久しく食べていなかった気がする。

奥歯でカリッと飴を嚙《か》んだ時、珠樹は暗がりの路地に立っている男に気づいて足を止めた。

ユージンだった。コートも着ないでビルの壁にもたれて立っている。その目はまっすぐ珠樹に向けられていた。

「ユージン、何してるの……?」

「お前を待っていた」

当然だと言いたげな口調だった。

「コートはどうしたの? そんな薄着で寒いだろ」

「父親の病室に置き忘れてきた。寒さは我慢できる」

ユージンの吐く息は白かった。我慢できるといっても、今日はかなり気温が低い。コートもなしでこの寒空に立ち尽くしているのは、正気の沙汰《さた》ではないように思えた。

「どうしてこんな寒いところで俺を待ってたんだよ」

「お前に会いたかったからだ。でもお前の家には行けない。お前が二度と来るなと言った」

確かに言った。言ったけど、だからって、こんな場所で待たれても困る。

「昨日もお前がそうしろと言ったから、ショーンのところに帰った。お前の家にも二度といかないと決めた。これで少しは俺のことを好きになったか？」

「え……？」

なんのことかと訝しく思ったが、すぐに昨日の会話を思い出した。どうすれば俺を好きになってくれるとユージンに尋ねられた時、珠樹はこう答えたのだ。

『ショーンのところに帰るんだ。あの人、絶対にユージンのこと心配してるから。俺、自分勝手な人って嫌いだよ。それからうちには二度と来ないで』

あれを真に受けている。あんなちぐはぐなやりとりを、ユージンは信じたのだ。

「ユージン……」

からかわれていると思った。いや、思いたかった。でもユージンは本気だ。愛されているとは到底思えないが、ユージンは真剣に珠樹の気を引きたがっている。

本当にわけがわからない。すごく迷惑だし、勘弁してほしいと思う。なのに、この変な外国人を心底嫌いになるのは難しかった。

「珠樹。俺を好きになってくれ。心の底から愛してくれ」

ユージンの態度は真剣だった。からかわれているだけだと思いたがっていた気持ちが崩れていく。それに振り回されて困らされているのは自分なのに、こうも必死なユージンを見ていると可哀想になってきた。あの夜と同じだ。よくよく自分はユージンの懇願に弱いらしい。

珠樹はユージンの手をそっと摑んだ。冷たい。氷みたいに冷え切っている。相当長い時間、ここにいたのかもしれない。

小さな手でユージンの大きな手を包み込んだ。握ったユージンの手を口もとに近づけ、ハーッと息を吹きかける。少しでもこの冷たい手が、温まるようにと願いながら。

そうしていると、不思議と急に優しい気持ちになってきた。迷子になった可哀想な犬に優しくしてやったら、きっとこんな感じの気持ちになるんじゃないかと思った。

「珠樹」

名前を呼ばれて顔を上げる。ユージンと目が合った。暗がりなので真っ黒な瞳に見える。じっと見ていると闇の中に吸い込まれていくような錯覚を感じて怖くなってきた。だがその恐怖はユージンに対してではなく、自分の内側で芽生えた不思議な感覚に対するものだった。

「珠樹」

もう一度、名前を呼ばれたその時、ユージンと繫《つな》がった手が急に熱くなってきた。なんだろうと思っていたら、今度は火花が散ったように身体の奥がカッと熱くなり、珠樹は衝撃に全身を強張《こわば》らせた。

さらに鼓動が早打ちして胸が苦しくなってきた。心臓が暴走しているみたいで、息もできなくなる。

「あ……っ」

胸を押さえてその場に崩れ落ちそうになったが、ユージンに抱きかかえられて倒れずに済んだ。

「ユージ……胸が、苦し……、う……っ」

心臓のあたりがドクンドクンと熱く脈打っていた。それに全身が燃えるように熱い。

「まずいな。あれが目覚めたのかもしれない」

珠樹を胸に抱きかかえながら、ユージンが低い声で呟いた。

――あれ？　あれって何？

そう尋ねたかったが、珠樹は何も言えないままユージンの腕の中で意識を失った。

3

夢を見た。貴代が居間の炬燵に座ってミカンを剝《む》いていた。珠樹は横に座り、貴代のしわだらけの手がテキパキ動くのを見ていた。貴代の動作はいつも最小限で無駄がない。

「ねえ、おばあちゃん。俺、変な外国人につきまとわれて困ってるんだ」

「おやおや、それは大変だねぇ」

全然大変だとは思っていないような、のんびりした口調で貴代が言う。

貴代は剝き終わったミカンを半分に割り、珠樹に「食べるかい？」と差し出してきた。頷いて受け取り、ミカンを口に放り込みながら話を続けた。

「ものすごくハンサムで、そのうえ大金持ちなんだけど、ちょっとおかしいんだ。俺のことを好きでもないくせに、恋人になれって言うんだよ」

夢の中の珠樹はそんなことまで打ち明けてしまう。貴代は「あらまあ」と呑気《のんき》に笑った。

「それは困ったね。けど、その人にも何か事情があるんでしょ。まずは理由を聞いてあげたら？」

「聞いたってしょうがないよ。俺、男の恋人になんてなれないもん」

「そうかい。でもおばあちゃんはやっぱり、その人の気持ちをじっくり聞いてあげたほうがいいと思うけどねぇ。そのうえでごめんなさいって言っても、珠樹が損するわけじゃないんだし。おばあちゃんね、珠樹には人の気持ちが理解できる優しい人になってもらいたいと思っているんだよ」

にこにこ笑う貴代を見ていたら、急に悲しくなってきた。もっといっぱい話がしたい。ずっとこうやって一緒にいたい。だけど貴代はもう死んでいる。これは夢なんだ。

「おばあちゃん……」

消えないでほしいと思った珠樹は、咄嗟《とっさ》に貴代の手を摑んだ。しかしその手があまりに冷たくてびっくりした。まるで氷を触ったみたいだ。

どうしたの、と尋ねようとして視線を上げたら、目の前にいるのは貴代ではなくユージンになっていた。驚いてまた手を見ると、珠樹はユージンの大きな手を摑んでいた。

「やっと俺を愛してくれるんだな、珠樹」

「え？　あ、いや、違……っ。これはそんなんじゃないっ」

慌てて手を離したが、ユージンはお構いなしに腕を伸ばして珠樹を抱き締めた。

「嫌だ、放せ……っ。俺はお前なんて愛してないっ」

「お前は俺のものだ。もう逃げられない。覚悟を決めろ」

「ユージン、放せよっ。嫌だ、嫌だってば……っ！」

叫んだ瞬間、目が覚めた。珠樹は荒い息に胸を弾ませながら目を開けた。安堵《あんど》の吐息が漏れる。よかった。全部、夢だった。

「え……？」

安心したのも束《つか》の間《ま》、珠樹はまたギクッとした。見慣れない天井。見慣れない壁。珠樹の家ではない。まったく知らない部屋だ。

珠樹は大きなベッドの真ん中に寝ていた。天井まであるフランス窓からは、明るい陽《ひ》が差し込んでいる。天井も壁も白く、家具はアンティークな雰囲気の凝ったつくりで、泊まったことがないが高級なホテルの一室のような佇《たたず》まいだ。

なぜこんな場所にいるのだろうと頭がひどく混乱したが、病院を出たところでユージンに会い、急に胸が苦しくなったのを思い出した。あそこで記憶が途絶えている。

そうか、と思った。ここはユージンの宿泊しているホテルの部屋に違いない。ユージンは気を失った珠樹を自分の部屋に連れて帰ったのだろう。

これだけ外が明るいということは、もう朝、いやおそらく昼だ。一晩中ずっと意識を失っていたことになる。

「どうしよう……」

大輔が心配している。珠樹は電話をかけようと思い身体を起こした。ベッドサイドの小さなテーブルに珠樹の鞄が置かれていたので、引き寄せて中を見ると携帯が入っていた。ところが、いくらかけても繋がらない。おかしいなと思って画面を確認したら、まるっきり圏外だった。

固定電話を借りるしかない。ユージンはどこだろうと思いながらベッドを下りた珠樹は、何気なく窓の外に目を向けて、大きく息を呑《の》んだ。というか呼吸を忘れそうになった。

窓の外には思いがけない光景が広がっていた。あり得ない景色だ。まだ寝ぼけているのかと思い、目をぱちぱちさせてから両手で頬をパシッと叩き、もう一度、外の景色を見た。

だがまったく変化はない。信じられないものが目に飛び込んでくるばかりだった。

「嘘だろ……。こんなの絶対に嘘だって……」

勝手に口が動いていた。独り言を言っているという自覚もないまま、珠樹は「ないよ、ないって。こんなのおかしいって」とぶつぶつ言いながら窓に近づいた。手で押すと窓は開いた。窓の向こうはテラスになっていて、そのまま外に出られるようになっている。

珠樹は呆然としながらテラスに出た。陽射しが眩《まぶ》しくて目を細めなければ景色を眺められない。

「これって夢だよな……？」

夢でなければ自分の頭がおかしくなったに違いない。なぜなら目の前に広がっているのは、真っ白な砂浜と澄み切った青い海だったのだ。正しくは青というよりきれいなエメラルドグリーンだ。そして空はインクを流し込んだような濃い青色だ。

よく南の島の風景を切り取った絵はがきなどがあるが、まさにそんな風景だった。これは絶対に東京の海ではない。

珠樹は放心状態のままテラスの階段を下りた。靴下は履いておらず裸足だったので、階段を下りて歩きだすとさらさらした白い砂に指先が埋まっていく。吹きつけてくる風は暖かいが、湿度が低いせいか爽《さわ》やかだった。初夏くらいの気温に感じる。

もしかしたら自分が知らないだけで、東京にもこんな海があったのかもしれない。頭の隅でその可能性について考えてみたが、肌に感じる風の暖かさがその可能性を否定していた。これはどう考えても冬の東京の気候ではない。絶対に違う。ここはもっと暖かい場所だ。

「沖縄……？」

沖縄に行ったこともないので適当な推測だったが、それだけ南に下ればこれくらいの気候もあり得るだろう。ただ問題は自分がなぜ沖縄――かもしれない場所にいるかだった。

後ろを振り返ると大きな建物があった。白というより白亜の館《やかた》と呼んだほうが相応《ふさわ》しいような、どこも真っ白な壁の洒落《しゃれ》た雰囲気の建物だった。強いて喩《たと》えるなら、地中海のリゾートホテルといったところだろうか。もちろん沖縄同様、海外には行ったことがない珠樹なので、あくまでも大雑把なイメージの話だ。

ところどころ椰子《やし》の木が生えている。それを見ると地中海よりハワイのイメージだが、とにかくここがどこだか珠樹にはさっぱりわからなかった。ビーチにはひとけがまったくない。建物の中に戻って誰かに聞いたほうが早そうだ。

珠樹が引き返そうと踵を返した時だった。どこからともなく黒い犬が現れた。大きな犬だ。犬は珠樹を見て近づいてきた。珠樹は動物が大好きなので、微笑《ほほえ》ましい気持ちで犬の姿を見守っていたが、距離が縮まってくるに従って違和感を覚えた。

犬にしては身のこなしがしなやかだ。それに尻尾《しっぽ》も細くて長い。それがくねくねと自在に動く様は、犬というより猫のそれだった。まるでその姿は――。

「……豹《ひょう》？」

疑問系の呟きが漏れた。すぐそばまでやって来た生き物は、どう見ても黒い豹だった。凜々《りり》しい金色の目が「お前は誰だ？」と問いかけるように、珠樹をじっと見上げている。

嘘、嘘、嘘……！

珠樹は心の中で叫んだ。恐怖に足がすくみ、心臓も早打ちしてきた。逃げたいが動いた瞬間に飛びかかられそうな気がして、身動きが取れない。恐れる珠樹とは対照的に、黒豹はゆったりした足取りでさらに近づいてきた。

まず珠樹の臭《にお》いを嗅《か》ぎながらグルッと一周し、次にしなやかな身体をぐいぐいと珠樹の足にすり寄せてきた。その仕草は人懐こい猫みたいだったが、豹なのでとてもではないが可愛いとは思えない。ただただ恐ろしいだけだ。

「サリサリ。珠樹が怖がっている。離れろ」

声のしたほうを見るとユージンが立っていた。下はジーンズを履いているが上は裸だった。黒豹はユージンの言葉を理解したように、珠樹からすーっと離れていき、木陰の下で蹲《うずくま》った。

「あれは俺のペットだ。人を襲ったりしないから恐れる必要はない」

ペットと知って珠樹はハァーッと盛大な息を吐いたが、すぐに安心している場合じゃないと思い直した。

「ユージン、ここはどこだよ？　どうやって俺をここまで連れてきたんだ？」

「ここはバハマだ。お前を自家用ジェット機に乗せて連れてきた」

「バ……バ、バハマ……？」

単純明快な答えだったが、内容はまったく単純でも明快でもない。

「バハマってどこだかよくわからないけど、外国だよね？　俺、パスポートなんて持ってないよ。どうやって連れだしたんだよ？」

「大きな鞄に入れて空港に運んだ。俺の荷物はノーチェックだ。問題はない」

いや、あるだろう、問題だらけだよ、と叫びたかった。あまりにも荒唐無稽《こうとうむけい》な話に目眩《めまい》がしそうだった。それが本当なら珠樹は不法に日本を出て、不法にバハマに入国したことになる。

「もう少し詳しく説明するなら、ここはカリブ海に浮かぶ小さな島で、マクラード家が所有するプライベートアイランドだ。この建物は別荘で使用人が何人か住んでいるが、もともと無人島だったから島民はいない。当然、定期便もない」

だからお前はどこにも逃げられない、と言いたげな口調だった。

「俺を日本に帰せよ。今すぐ帰せ」

「それはできない。俺には時間がない。悠長に構えてはいられないんだ。お前はしばらくこの島で俺と暮らすんだ。それが一番いい」

「いいわけないだろっ。お前、やっぱりおかしい。普通じゃないよ。自分が何をしたのかわかってるのか？　俺を誘拐したんだぞっ。それって犯罪じゃないかっ！」

ユージンは激高する珠樹を尻目《しりめ》に涼しい顔でしゃがみ込み、黒豹の頭を撫でた。黒豹は気持ちよさそうに目を閉じ、尻尾をゆらゆらと揺らしている。

「おい、聞いてるのかっ？」

「聞いてる。お前が何を言おうが、今は日本に帰せない。ここはお前にとって安全な場所だ。ここにいたほうが危険は少ない」

「はあ？　人をさらっておいて、何が危険がないだよ。わけのわかんないことばっかり言ってないで、俺を今すぐ日本に帰してくれよ。大ちゃんが心配してる。仕事だって無断で休めない」

「大輔には言ってある。しばらく珠樹を俺の別荘に招待することにしたと伝えたら、大輔は喜んでいた。病院には当分、仕事を休むと連絡しておくと請け負ってくれた」

「嘘だっ。そんなの全部、でたらめだ」

ユージンは「嘘じゃない」と言い返し、「そうだろ？　ショーン」と珠樹の背後に目を向けた。振り返るとショーンが立っていた。

「はい。そのとおりです。何も問題はありません」

ユージンは満足そうに頷き、散歩をしてくると言ってその場から去っていった。

「ショーンさん、こんなのどうかしてますっ。普通じゃない。どうしてユージンの暴走を止めてくれなかったんですか？」

珠樹が詰め寄るとショーンは苦しげな表情で、「申し訳ありません」と謝罪した。

「私にもどうしてだかわからないのです。ユージンのしていることはおかしい。決して許されることではない。わかっているのに、彼の目を見ると逆らえなくなってしまって……。事故に遭ってから、ずっとそうなんです。ユージンに見つめられて何か命令されると、私は言われるがままになってしまう。まるで魔法にかかったかのように」

ショーンは憔悴していた。初めて会った時の毅然《きぜん》とした態度が嘘のような、気弱な表情だ。

「珠樹さんを日本にお帰ししたい。心からそう思っています。でもユージンには逆らえない。どうしても無理なんです。……ユージンはとても気まぐれな方です。珠樹さんへの異常な執着も長くは続かないと思います。しばらく我慢していていただけませんか？　この島での快適な生活は私が保証します。何でも申しつけてください」

冗談じゃないと思った。自分の意思を無視したやり方で連れ去られてきたのに、快適な生活も何もあったものではない。

「ショーンさん、俺は今すぐ日本に帰りたいんです」

「本当に申し訳ありません。ユージンがいいと言うまでは我慢してください」

苦悩に満ちた顔つきのショーンだったが、その意志は固かった。どう頼んでも珠樹の願いは聞き入れられそうにない。

――どうしよう。どうしたら、この島から逃げられる？

珠樹は焦燥感に見舞われながら海に目をやった。美しい広大な海も、今の珠樹には自分をこの島に閉じこめてしまうだけの、忌々《いまいま》しいまでの残酷な自然でしかなかった。


ションに見張りはつけないし、どこでも好きな場所に行っていいと言われたので、珠樹は島の散策に出かけた。もちろん逃げ出す方法を探すためだ。

なぜか黒豹が珠樹の後ろをついてきた。最初は怖々していた珠樹だったが、ペットとして放し飼いにされているのなら危険はないだろうと言い聞かせ、名前を呼んでみた。

「サリサリ？」

するとサリサリは名前を呼ばれて嬉しかったのか、珠樹の足に背中をぐいぐいとすり寄せてきた。可愛いと思った。ユージンには腹が立つけれどペットに罪はない。

珠樹はサリサリの身体をそっと撫でてみた。思ったより柔らかな毛並みで、触っているとささくれ立った心が少しだけ休まる気がした。

「お前も一緒に行く？」

サリサリは「行く」と返事をするように、長い尻尾を左右に振った。珠樹はサリサリを伴い、海岸線を延々と歩いた。どこまで行っても無人の浜辺が続いている。遠くに島影が見える場所もあったが、とてもではないが泳いで渡れる距離ではなかった。

ユージンは小さな島だと言ったが、一周するとなるとかなり時間がかかりそうだったので、途中で断念して戻ってきた。

別荘の建物の近くに桟橋があり、クルーザーが停泊していた。あのクルーザーが使えるかも、と思ったが、船の運転なんてできないので、誰かの手を借りなければ無理な話だ。

協力者が必要だったが、別荘の近くで見かけたのはみんな黒人だった。使用人として雇われている現地の人たちだろう。珠樹に気さくに微笑みかけてくるところを見ると、主人のユージンが連れて来た客だということは、すでに知れ渡っているのかもしれない。

使用人たちはみな英語を喋っているようだった。珠樹は桟橋の近くで会った初老の男に下手くそな英語を駆使して、日本に帰りたいから船に乗せてくれと訴えてみたが、太った黒人は笑いを浮かべて首を振るばかりだった。珠樹の英語が通じないのか、それとも通じているがそんな頼みは聞けないということなのか、今ひとつ判然としない。

逃げ出す方法は簡単には見つかりそうもなかった。仕方なく、珠樹は肩を落として建物に戻った。

夜になると豪華な食事が待っていた。いざという時のために体力の維持は大事だと思い、頑張って食べようとした。だがユージンとふたりきりの夕食が楽しいはずもなく、この誘拐犯めと憎々しく思っていたら食欲はどんどん消え去り、大半を残してしまった。

ユージンの顔を見ていたくなくて、食事が終わると与えられた自分の部屋に早々に戻り、シャワーを浴びてベッドに入った。無駄だと知りつつ何度も携帯を見てしまう。珠樹の携帯は海外で使えるタイプではないから、何度確認しようが繋がるはずもなかった。

部屋の明かりを消して目を閉じると、波の音が聞こえてきた。ここは本当に美しい場所だ。旅行で来たなら、一生忘れられないほどの素晴《すば》らしい思い出がつくれたはずなのに、こんな状態では感動も生まれない。それが残念でならなかった。

自分はどうなってしまうのだろう。不安に苛《さいな》まれながら、ぼんやりと波の音を聞いていたら、背後でドアの開く音が聞こえた。

鍵を閉めたはずなのにどうして――。

驚いて振り向くと近づいてくるユージンの姿があった。外からの月明かりがあるので、ユージンの顔ははっきりと見える。

「な、何しに来たんだよ。鍵、閉めたのにどうやって？」

「鍵など意味はない」

「マスターキーを使ったのか？」

その質問には何も答えず、ユージンはベッドの端に腰を下ろした。

「俺には時間がない。一刻も早くお前の心を、魂を得なければ手遅れになるんだ」

「またその話？　手遅れってなんなんだよ……。まさか俺に愛されなかったら、死んじゃうとでも言いたいわけ？　馬鹿馬鹿しい。もうつき合ってられな――」

言い終わらないうちに、ユージンの大きな手で口を塞《ふさ》がれた。

「もういい。何も言うな。話し合っても埒《らち》があかない。こうなったら強硬手段に出るまでだ。人間は快楽に弱い生き物だ。それほど頑《かたく》なに拒むのなら、嫌でも俺を求めたくなる身体にしてやる」

その言葉の意味を理解する前に、薄闇の中でユージンの瞳が光った。

「……っ」

比喩《ひゆ》でも喩えでもなく本当に光ったのだ。まるでサリサリの金色の瞳のように、瞳孔の部分以外が金色になった。暗がりでもはっきりとわかる変化だった。

その瞳に魅入られたように釘付《くぎづ》けになっていた珠樹は、自分の身体が動かなくなっていることに気づき愕然《がくぜん》とした。

「か、身体が……動かない……っ」

「暴れないように自由を奪った。だが感覚はあるし、多少は動けるだろう？」

ユージンの言うとおりだった。大きな動作はできないが、瞬《まばた》きをしたり指を動かしたりはできる。見えないロープでベッドにくくりつけられているような感じだった。

「俺から与えられる快楽に溺《おぼ》れろ。そうすれば嫌でも俺が欲しくなるだろう」

「な、何言ってるんだよ……。ユージン、俺に何するつもりなんだよ……？」

初めてユージンを心の底から怖いと思った。方法はわからないがユージンに身体の自由を奪われ、さらに乱暴されそうになっている。ユージンは性的な意味で珠樹を襲おうとしているのだ。

「嫌だ、ユージン……っ。やめてよっ」

「怯《おび》えなくていい。痛みなど与えない。お前が味わうのは快感だけだ」

ユージンの顔がゆっくり近づいてきて唇が重なった。拒絶しようとしたが、唇が思うように動かない。さっきまで口は自由に動いたのに、ユージンを拒否しようとすると、途端に身体が言うことを利かなくなる。

熱い舌が悠然と奥まで入り込んできて、珠樹の舌を捕らえた。逃げたいのに逃げられない。痛いほど強く奪い取られていく。

柔らかな熱い舌の感触に驚いた。奥手な珠樹にとって、これが初めてのキスだ。もっとロマンチックなものだと想像していたが、初めてのキスは身震いするほど生々しくて、頭の芯《しん》がくらくらするほど扇情的だった。

舌のつけ根まで舐められ、食べ物のようにねっとりと全体をしゃぶられる。その合間に唇も甘いキャンディーのようになぶり尽くされる。

キスというより、獰猛《どうもう》な獣に食べられているみたいだ。けれど恐ろしいという気持ちとは裏腹に、認めたくないがユージンの執拗《しつよう》なキスに、快楽の芽が身体の奥でじわじわと育ち始めていた。嫌だと思うのにユージンの荒々しいキスに感じている自分がいる。

これもユージンの不思議な力のせいだと思った。指一本触れずに身体の自由を奪ったように、珠樹に感じたくない快感を植え込もうとしている。そうでなければ男とのキスで、しかも自分を誘拐したひどい男のキスで、こんなふうに感じるはずがない。

ユージンは長いキスを終えると、次に珠樹の耳や首筋に愛撫《あいぶ》を加えた。肉厚な舌で舐められ、唾液《だえき》でぬるぬるになった肌を痛いほど吸われる。かと思えば嚙みつくように軽く歯を立てられる。目まぐるしい甘い刺激に、珠樹はもう為《な》す術《すべ》もなかった。ただ翻弄《ほんろう》され身体の奥がどんどん高ぶっていく。

「や……ユージン、んぅ、もうやめて……」

弱々しい懇願さえ恥ずかしいと思った。明らかに快感に悶《もだ》える声だ。耳を覆いたくなる。

ユージンは珠樹のシャツを大きくめくり上げ、露《あら》わになった裸の胸に顔を埋《うず》めた。右の乳首をいきなり嚙まれ、「ひゃんっ」という変な声が出た。痛みではなく強い刺激に感じたのだ。

ユージンは面白《おもしろ》い玩具《おもちゃ》を見つけた子供のように、右の乳首を徹底して嬲《なぶ》った。尖らせた舌先で転がし、前歯を擦《こす》りつけ、チュッと音を立てながら赤ん坊のように吸いついてくる。

甘い疼《うず》きが腰のあたりから湧き上がってきた。それが鈍痛のように絶え間なく湧いてきて、珠樹の理性を蝕《むしば》むのだ。

「ん、や……、はぁ、あ……っ」

こらえてもこらえても甘ったるい声が漏れる。それに愛撫されるたび、もっと舐めてとねだるように珠樹の背筋は反り返った。頭ではもう嫌だ、やめてほしいと思っているのに、身体はどんどん珠樹の気持ちを裏切っていく。

喘《あえ》ぎすぎて胸が苦しい。感じすぎて頭がオーバーヒートしそうだ。

「今にも失神してしまいそうだな。まだ序の口だぞ」

からかいを含んだ声で囁かれ、珠樹は羞恥《しゅうち》に頬を染めた。キスと胸への愛撫だけで、息も絶え絶えになっている自分が恥ずかしかった。

恥ずかしい。情けない。悔しい。けれど気持ちよすぎてたまらない。もう頭の中がぐちゃぐちゃだった。何がなんだかわからない。

ユージンにズボンと下着を脱がされた。抵抗しようにも身体は動かない。ユージンは珠樹の硬くなった性器を一握りしたあと、躊躇いもなく口に含んだ。熱い粘膜に包まれる。

「あ……っ」

意識が飛びそうになるほどの快感だった。ユージンの口がいやらしく動くたび、下半身がどろどろに溶けていくような錯覚に包まれていく。男にそんな場所を舐められているという屈辱と嫌悪と羞恥も、強烈な快感の前には霞《かす》んでしまう。

腰が勝手に揺れていた。ユージンの淫《みだ》らな刺激に身体が勝手に応えている。

「や……駄目、もう……無理、放して……っ」

弱々しい制止の声にユージンが耳を傾けるはずもなく、珠樹は呆気《あっけ》なく追いつめられ、声にならない叫びを上げながら男の口の中で達した。

「お前が味わう本当の快楽は、ここからだ」

珠樹の放ったものを飲み干したユージンは、平然と顔を上げ言い放った。珠樹は反射的に頭《かぶり》を振った。本当にもう嫌だった。怖い。強すぎる快感は恐怖を伴う。

「もう嫌だ……。やめて、ユージン。俺、こんなこと望んでない」

「だが気持ちよかっただろう？　俺はもっとよくしてやれる」

「いい。してほしくない。こんなの間違ってるよ。いくら気持ちよくても、そんなのただのセックスじゃないか。ユージンは俺を抱いたら、本当に俺の気持ちが手に入るって思ってるの？」

言いながら泣けてきた。涙があふれてきて止まらない。

どうしてこんなことになってしまったんだろう。自分が何をしたというんだ。平凡に誰にも迷惑をかけず生きていたのに、どうしてこんな目に遭わなくてはいけないのか、さっぱりわからない。

――その人の気持ちをじっくり聞いてあげたほうがいいと思うけどね。

夢の中で貴代が言ってくれた言葉が頭をよぎった。珠樹は貴代の優しい笑顔を思い出しながら、無理だよ、おばあちゃん、と心の中で話しかけた。

こんなひどい真似をするユージンのことなんて理解できない。ユージンの気持ちなんてわかるはずがない。

「俺はユージンのことがなんにもわからない。俺の心が欲しいって言うけど、それってなんのために？　俺のことが好きでたまらないってわけじゃないよね。そういうのわかるもん。ユージンにとってはゲームみたいなものなの？　でもお金で人の心が買えないように、快楽でも人の愛情は手に入らないよ。そのことに気づいて。お、俺、もうこれ以上、ユージンのこと嫌いになりたくない……っ」

言ってるうちに感情が昂《たか》ぶり、最後は子供のように泣きじゃくってしまった。静まり返った部屋に珠樹の嗚咽《おえつ》だけが響き渡っている。

ユージンはしばらく動かなかったが、急に立ち上がり「わからない」と呟いた。

「気持ちよくしてやったのに、なぜ泣かれなければいけないんだ？　俺はもうどうすればいいのかわからなくなった。人間の心は不可解すぎて、俺にはさっぱり理解できない」

吐き捨てるように言い、ユージンは足早に部屋を出て行った。ホッとした珠樹は身体が自由に動くことに気づき、慌てて下着とズボンを身につけた。

ひとりになると、あらためて恐怖と怒りと羞恥が押し寄せてきた。ユージンは一体何者なんだろう。さっきの光った目といい、珠樹の身体の自由を奪った不思議な力といい、あまりにも謎《なぞ》が多すぎる。

――人間の心は不可解すぎて、俺には理解できない。

あの言葉。まるで自分は人間ではないと言っているようにも聞こえた。

「……もう嫌だ。本当に嫌だよ」

考えても考えても謎は深まるばかりだった。珠樹はベッドの中でめそめそと泣き始めた。泣いてどうなるものでもないが、わけのわからないことばかりで泣かずにはいられなかった。何もかもが嫌だった。こんなところにいたくない。早く日本に帰りたい。平凡だけど平穏だったいつもの日常に戻りたい。

鼻を啜《すす》って寝返りを打った珠樹は、「ひっ」と息を呑んだ。目の前に金色の瞳があった。一瞬、ユージンが戻ってきたのかと思って怯えたが、そうではなかった。

そこにいたのはサリサリだった。ベッドに前足を置き、珠樹の顔を覗き込んでいる。

「サリサリ……。いつの間に入ってきたんだよ。びっくりするだろう」

声をかけながら頭を撫でてやる。サリサリは珠樹の濡《ぬ》れた頬をペロペロと舐めた。

「な、何？　涙が美味しいの？」

サリサリはひとしきり珠樹の頬を舐めると、しなやかな身のこなしでベッドに上がってきて、珠樹の隣に身体を横たえた。一緒に寝るつもりらしい。

「お前、いつも人と寝てるの？」

答えなど返ってこないとわかっているが、自分に寄り添ってくれるサリサリの存在に気持ちが癒《いや》され、話しかけずにはいられなかった。

「今夜は俺と一緒に寝てくれるんだ」

サリサリは「そうだ」と答えるように珠樹の肩先に我が物顔で顎《あご》を乗せた。リラックスしているのか喉《のど》がグルグルと鳴っている。

「お前、ご主人さまに似て、ちょっとえらそうだよな」

珠樹は苦笑しながらサリサリの頭に頬をすり寄せた。さっきまであんなに辛かったのに、サリサリのおかげで気が紛れた。

「ありがとう、サリサリ」

礼を言ったら、サリサリの尻尾が「どういたしまして」というように大きく揺れた。

4

椰子の葉でできたパラソルの下で、きれいな海を見ながらデッキチェアに寝そべっていると、あまりに平和すぎて何かが間違っているという気持ちになってくる。誘拐されたのに、こんなにまったりと過ごしていていいのだろうか。

チラッと隣に視線を向けると、ユージンも珠樹と同じようにデッキチェアに腰かけて海を眺めていた。黒いサングラスをかけているので表情はわからないが、どうせむっつりしているのだろう。

ユージンに襲われたあの夜から二日が過ぎていたが、ユージンの態度はずっと憮然《ぶぜん》としている。幸いあれから変な真似はされていないが、眉間《みけん》にしわを寄せたユージンが始終そばにいるので、珠樹までむっつりしてしまう。大体、怒るのは自分であってユージンではないはずだ。

逃げ出す手段はいっこうに見つからず、あれこれ考えるのにも段々と疲れてきた。別荘にはパソコンや固定電話はあるが、珠樹はそれらに触らせてもらえない。

一度、ひとりきりの時にショーンのノートパソコンを開いてインターネットができないか試みたが、パスワードでロックされていて駄目だった。

手こぎのボートに乗って脱出するという方法も考えたが、あてもなく大海原に漕ぎだしても遭難するのがおちだ。運よく船と遭遇できれば救助されるかもしれないが、リスクが大きすぎる。

身体は狙《ねら》われかけたが、命まで狙われているわけではない。こうなったらユージンが自分に飽きて興味を失うまで、この島で暮らすしかないのかもしれないと、珠樹は諦《あきら》めムードに陥っていた。

黒人の太った大柄なメイドが、きれいな色のトロピカルドリンクを運んできてくれた。ここの使用人たちはみんなニコニコしていて愛想がいい。珠樹は笑顔で「サンキュー」と礼を言い、グラスを受け取った。

隣で昼寝をしていたサリサリがむくっと起きあがり、珠樹の持ったグラスに興味を示した。

「駄目だよ、サリサリ。これはあげられない」

サリサリはすっかり珠樹に懐いてしまい、次の日の夜もベッドに入ってきて一緒に眠った。どこに行くにもついてくるので、今ではすっかり仲よしだ。撫でてやると喉をゴロゴロと鳴らし、大きな猫みたいで本当に可愛い。

「サリサリにだけは優しいんだな」

サリサリを撫でていると、隣から不機嫌そうな呟きが聞こえてきた。俺には優しくないくせに、というニュアンスが感じ取れる。もしかしてユージンは拗《す》ねているのだろうか。

いや、まさかな、と思っていたら、ユージンが「不公平だ」と言った。これはどう考えても本当に拗ねている。

一瞬、そんなユージンを可愛いと感じてしまい、そんな自分に焦った。自分を誘拐した相手を可愛いなんて思うのは間違っている。

「だってサリサリは可愛いもん。むっつりしてばかりの誰かさんとは違ってさ」

珠樹のささやかな嫌みに、ユージンは「誰かさんとは俺のことか？」と真顔で聞き返してきた。珠樹は「さあ」ととぼけて、またサリサリを優しく撫でた。

不思議な力を持ったユージンが、まったく恐ろしくないといえば嘘になる。だがこうやってのんびり過ごしている時のユージンは、ただの物静かな青年だった。

自然が好きなのか、日中は浜辺にいることが多い。泳いだり昼寝をしたり、サリサリと戯れたり。そうしている時のユージンはとてもリラックスして見え、眺めている珠樹の気持ちも安らいだ。

誘拐犯だし変な真似をされたけど、どうしても憎めない。心底嫌いにはなれないのだ。かといってこんな状況では気持ちを通わすこともできない。

「あ、サリサリ。どうしたの？」

サリサリが突然立ち上がり、木陰のほうに向かって走りだした。

「放っておけ。あいつはヘリが嫌いなんだ」

「ヘリ？」

なんのことかと思っていたら、バラバラバラという音がどこからともなく聞こえてきた。一機のヘリコプターが海のほうからこちらに向かって飛んでくる。ヘリコプターは見る見るうちに近づいてきて、別荘の広い庭へと降下を始めた。

「母親の乗ったヘリだ。馬鹿息子を説教しに来たんだろう」

「ユージンのお母さんがっ？」

ヘリコプターのローター音が大きいので、ふたりとも声を張り上げて話した。ユージンが強い風を受けながらヘリコプターに近づいていく。珠樹は漠然と、あのヘリコプターに乗ればここから逃げられると思った。

「ユージン！」

ヘリコプターから降りてきたのは、四十代後半くらいのほっそりした女性だった。ユージンの母親だろう。日米ハーフと聞いていたが顔立ちは外国人そのもので、黒い髪以外、日本人らしい部分は見当たらない。白いシャツにジーンズという軽装でも、いかにもセレブなマダムといった品格があった。

ユージンは母親と抱き合い、頬にキスし合った。母親が相手であっても、表情は相変わらず淡々としている。

「彼女はユージンの母親のリサ・マクラードです」

いつの間にか後ろにショーンとダンが立っていた。

「一緒に降りてきた男性はポール・ワイズ。マクラード家のお抱え弁護士です」

ポールは黒い開襟シャツに白いスーツという軽薄な服装がよく似合う、ハンサムな金髪の白人男性だった。遠慮もなくリサの腰を抱くポールの馴《な》れ馴れしさを見て、彼はきっとリサの若い愛人なんだろうと思った。

ショーンとダンに向かって、リサがにこやかに話しかけてきた。英語なのでよくわからないが、元気にしてたの、というような言葉に思えた。ショーンが儀礼的な笑みを浮かべ何か答える。

リサは珠樹を見て、「あら、あなた日本人?」と目を丸くした。これは日本語だった。

「はい。日本人です。羽根珠樹といいます。あの、俺、ユージンに誘――」

誘拐されたと訴えようとしたのだが、急に口が動かなくなった。まさかと思いユージンを見る。無表情だったがスッと視線を外されたので、ユージンの仕業だとわかった。リサに余計なことを言わせないよう、また珠樹の身体を操っている。

「珠樹とは日本で知り合い友達になった。それでここに招待したんだ」

ユージンが日本語で説明した。リサは疑うそぶりも見せず、「そうなの」と微笑んだ。

「日本でたくさんのミーティングをすっぽかして帰ってきたから、お説教してやらなきゃと思っていたけど、向こうでお友達をつくったのね。じゃあ可愛い珠樹に免じて、今回は口うるさく言わないでいてあげるわ。珠樹、ユージンと仲良くしてやってね。世間には誤解されがちだけど、根は優しくていい子なのよ」

珠樹は声が出せず何も言えなかったが、リサは気にした様子もなくにこやかな顔つきで、ポールに肩を抱かれながら別荘の中に入っていった。

口を動かせるようになった珠樹は、猛然とユージンに向かって突進し、広い胸を両手で思い切り突き飛ばした。ユージンの身体は倒れもせず、軽く揺れただけだった。それを見て余計に腹が立った。

「お前、いい加減にしろよなっ！」

「た、珠樹？　どうしたんですか？」

ショーンが珍しく驚いた表情を浮かべた。ダンも困惑顔で怒り狂う珠樹を見ている。ボディガードのくせに主人に危害を与える珠樹を取り押さえもしないなんて職務怠慢じゃないかと、なぜかダンにまで腹が立ってきた。

「変な力を使って卑怯《ひきょう》なんだよっ。なんでも自分の思いどおりにしようとするな。今度、俺の身体の自由を奪ったら絶交だからな！」

叫ぶように言い放ったが、すぐにしまったと後悔した。相手は誘拐犯であって友達ではないのだから、絶交はおかしい。

「と、とにかく、ああいう真似はもうやめてほしい」

ユージンは返事もせず、ムスッとしながら浜辺のほうに歩いていってしまった。

「何があったんですか？」

ショーンは珠樹が何に対して怒っているのか、まったくわかっていないようだった。

「あいつ、変な力があるでしょう？　見つめるだけで他人の身体を動けないようにしたり」

「……なんですか、それ」

訝しがるように聞かれて驚いた。ショーンならわかってくれると思っていたのに。

「ショーンさん、前に言ったじゃないですか。ユージンの目を見たら逆らえなくなる、言われるがままになってしまうって」

「確かに言いましたが、それは私の気持ちの問題であって、身体の自由を奪われるようなことは一度もありません」

「え……。そうなんですか？」

ユージンの不思議な力で操られているわけではないのだろうか？　けれど常識のありそうなショーンがユージンの暴挙にいっさい逆らえないのは、やはりおかしい。

「気持ちの問題って言いますけど、ショーンさんはもともと、ユージンの教育係だったんでしょう？なのに、なんでも言いなりになるなんて変じゃないですか。自分で気づいてないだけで、ユージンに心を操られていることもあり得るはずです」

初めて会った日、ユージンはショーンを煙たがっていた。あの日までは、本当の力関係はショーンのほうが上だったのではないだろうか。

「操られているなんて、そんな……。すべて私の弱さがいけないんです。私にとってユージンはかけがえのない大切な方。あの人が望めばなんでもしてしまう、私の弱い心がいけないのです」

そんな弱い心を持っているようには見えないのに、なぜかショーンはすべて自分が悪いと思い込んでいるようだった。

ショーンがうちひしがれた様子で立ち去っていくと、ダンも追いかけるようにして庭からいなくなった。ひとり残った珠樹は、庭に駐《と》められたヘリコプターに目を向けた。パイロットらしき男性が荷物を持って下りてくる。リサが帰るまで、彼もここに滞在するのだろう。

そのヘリコプターに俺を乗せて、ここから連れ出してください。

心の中でそう呟いたが日本語は通じない。英語ではどう言えばいいんだろう。もっと真面目に英語を勉強しておけばよかったと、心の底から情けなく思った。


リサとポールを交えた夕食は、珠樹には苦痛そのものだった。会話はすべて英語。ポールの気障《きざ》ったらしい笑い声は無性に耳障りで、ハンサムだけどこんなナルシストっぽい男を愛人にしなくてもいいのに、とリサの男の好みにまで文句を言いたくなった。

だが退席するわけにはいかなかった。リサになんとしても、自分が攫《さら》われてこの島に連れて来られた事実を伝え、助けてもらわなければいけない。

夕食後、ソファに移動してコーヒーを飲んでいたら、ポールがユージンに熱心な口調で話しかけた。ユージンは何度も首を振っていたがリサに何か言われ、仕方がなさそうに立ち上がった。

「ポールとビリヤードの勝負をしてくる。お前も来るか？」

ユージンの問いかけに珠樹は「ううん」と首を振った。

「食べ過ぎてお腹《なか》がいっぱいだから、もう少しここにいる」

ユージンとポールがいなくなると、リサは「不思議ね」と珠樹に日本語で話しかけた。

「今日のユージン、なんだか別人みたい。いつもなら、ちょっとしたことですぐ不機嫌になったり、むくれたりするのに。それにポールとも普通に話してた。あの子、ポールのことが嫌いで、すぐ突っかかったり嫌みを言ったりするのに、今日はまったくそんなことがなかったわ。やっと大人になってくれたのかしら」

リサは嬉しそうだったが、急に頭を振って悲しげな表情を浮かべた。

「溺愛《できあい》しすぎたのね。なんでも与えて、なんでも言うことを聞いて、あの子はどんどん我が儘になっていった。育て方を間違ったと後悔していたけど、今日のユージンを見ていたら、少し気持ちが楽になったわ。あの子、もう大丈夫かもしれない」

息子の成長を心から喜んでいるリサに、真実を告げるのは気が重かった。だがタイミング的には今しかない。珠樹は食い入るようにリサを見つめ、「大事な話があります」と切り出した。

「俺はユージンに誘拐されたんです。この島に来たのは自分の意思じゃありません」

「誘拐？　それはどういう意味？」

リサは怪訝《けげん》な表情を浮かべた。

「日本でユージンと知り合ったのは本当です。ユージンはなぜか俺に執着を示しました。その挙げ句、自家用ジェットに俺を荷物として積み込んで、日本を出国したんです。お願いです。俺を日本に帰してください。俺はこの島に軟禁されているんです」

「まさか……まさか、そんなこと。いくらあの子でも、そんな馬鹿な真似は――」

「本当なんです！　俺を信じてくださいっ」

リサはしばらく絶句していたが、珠樹の縋るような真剣な表情に事態の深刻さをようやく理解したのか、「なんてこと」と呟いた。

「わかったわ。今すぐあの子を問い質《ただ》して、事実を確認するわ」

リサは怒りに満ちた表情でソファから立ち上がり、足早に歩きだした。よかった。リサはまともな母親だ。珠樹は深く安堵しながら自分も腰を上げ、リサのあとに続いた。

リサはビリヤード室に入るなり、一直線にユージンへと近づいていった。ビリヤード台にかがみ込んで玉を突こうとしていたポールは、リサの形相を見て驚いたのか、「ワッツハプン？」と目を丸くした。リサはキューを持ったユージンの腕を掴み上げた。

「ユージン。珠樹を誘拐してきたっていうのは本当なのっ？」

「本当だ。そうするのが一番いい方法だった」

ユージンがあっさり認めると、リサは強いショックを受けたように顔を歪《ゆが》めた。

「どうして……どうしてそんなこと……」

「大丈夫だ。何も問題はない。これでいいんだ。――リサ。こっちを見ろ。俺の目を見るんだ」

ユージンは愕然としているリサの頬に手を添えた。ユージンと目が合うと、それまで小刻みに顔を振っていたリサが急に動かなくなった。

「珠樹は俺と一緒にいるべきなんだ。だからこれでいい。何も心配することはない」

「……そう。そうね。あなたがそう言うなら、そのとおりよね。わかったわ。すべてあなたに任せる」

リサはユージンから離れ、ふらふらと歩きだした。

「リ、リサ、どうしたんですか？」

「珠樹、ごめんなさい。私にはどうすることもできないわ。だってユージンが大丈夫だって言うんですもの。あの子の言うとおりにしなきゃ。私はあの子の母親だから、いつだって味方でいなきゃ……」

リサはぶつぶつ言いながら廊下に姿を消した。珠樹は呆気に取られて見送るしかなかったが、すぐ我に返りユージンに詰め寄った。

「お前、まさか自分の母親にも力を使ったのかっ？　ひどいだろ。どうしてそんな真似ができるんだよ……っ」

「なんだ、アモン。まだこの坊やに自分の正体を明かしてなかったのか？」

気取った口調でポールが割り込んできた。珠樹はびっくりした。ポールまで実は日本語がペラペラなのか？

「まどろっこしいね。いただくものをいただいて、さっさと片をつけろよ」

珠樹はポールを見ながら、どうなっているんだと思った。ポールが喋っているのは英語だった。なのに言っている意味がすべてわかる。まるで頭の中に同時通訳者が住んでいるみたいだ。

「ユージン。俺、英語がわかる……いきなり理解できるようになっちゃった」

「俺のおかげだよ。お前の脳に小細工した」

ポールがビリヤード台に腰を預け、得意げに答えた。

「小細工……？」

「説明したってお前には理解できないさ。魔法にでもかかったと思ってろ。不思議なことは全部魔法。それでいいじゃないか。人間は奇跡って言葉が大好きだろう？　なんなら、もっとわかりやすい奇跡を見せてやろうか？」

ポールはにっこり微笑み、持っていたキューをいきなり空中に放り投げた。キューは浮き上がり、そして静止した。空中に浮いたままピクリとも動かなくなった。

「え……ええっ？」

珠樹が目を見開くと、今度はポールの身体が浮き上がった。ポールは高い場所に浮かんでいたキューを掴むと、ゆっくりと床に下りてきた。いや、飛んで来たというべきか。

珠樹は声も出せず、口をぱくぱくさせるばかりだった。

「マジックじゃない。今度はお前の身体を浮かせてやろう」

ポールはマジシャンのような優雅な手つきで、キューの先をくるっと回した。すると途端に珠樹の身体が浮き上がった。どこかを引っ張られている感覚はない。ただ浮いたのだ。ぐんぐん上がって天井に頭がつきそうになる。

「な、なに、これ……っ？　嫌だ、下ろしてよっ。わ……っ」

身体が横にグルンと一回転した。恐怖で身が縮み、顔面は蒼白《そうはく》になる。

「よさないか、アシュトレト」

ユージンが軽く手を挙げると珠樹の身体はゆっくり下がり、ふわっと床に着地した。ショックで全身の力が抜け、立っているのがやっとだった。

浮いた。飛んだ。回転した……！　何が起きたのか理解できず、頭がおかしくなりそうだった。

「お、お前とユージンはなんなんだ？　超能力者……？」

「そうそう。エスパーってやつだよ。悪と戦うために選ばれた戦士ってところだな。俺らの敵は地球侵略をもくろむ、タコ型エイリアン」

いい加減な言葉が返ってきた。ふざけた男だ。変な力を持っているのは同じでも、ユージンとは大違いだ。

「なあ、アモン。こんな子供に何を手間取っているんだ？　早くしないとお前の力はどんどん弱まっていくし、アズライールにも居場所を突き止められるぞ」

「わかってる。だが珠樹は俺を愛そうとしない。……俺はこいつに嫌われているから」

どことなく、ばつの悪そうな言い方だった。

「お前は昔からどうしようもない朴念仁だからな。人間の色恋がまったくわかってない。こんな子供も落とせないなんて、本当に情けないぞ。……どれ、俺がとっととケリをつけてやろう」

ポールは珠樹のそばに来ると気障な笑みを浮かべ、指をパチンと鳴らした。途端に珠樹の手足は動かなくなる。

「な、何するんだよっ」

「何もしない。お前の心を少しばかり操作して、ユージンにメロメロに惚《ほ》れさせるんだよ。命を差し出しても惜しくないっていうほどの、強烈な恋にお前を突き落としてやる」

ポールの青い瞳が金色に光った。ユージンと同じだ。ポールの瞳に吸い寄せられ、まったく視線を外せなくなった。ポールの金色の目が頭の中まで侵入してくる。そんなふうに感じた。

「ん……？　なんだ？　これはどういうことだ？」

ポールの目の色が元に戻った。ポールは不当に傷つけられたとでも言いたげに、不機嫌そうに珠樹をにらみつけてきた。ポールの呪縛《じゅばく》から解放された珠樹は、思わず安堵の吐息をついたが、同時に目眩がして足もとがふらついた。すかさずユージンに身体を支えられた。

「アシュトレト。もうやめろ。こいつには俺たちの力が通じないんだ。身体の自由を奪うことはできても、心まで自由にすることはできない」

「中にある欠片《かけら》のせいか？」

「多分。珠樹の魂が欠片をガードして、欠片は内側から珠樹の魂をガードしている。複雑に絡み合っていて、外側からの力では絶対に切り離せない。珠樹の魂がそれを望んだ時にだけ、欠片は俺の中に戻ってくる」

ふたりの話は珠樹にはまったく理解できない。理解できないが自分に関係している話なのは確かで、だったら知る権利はあると思った。

「ちゃんと説明してよ。俺の魂がなんだって？　欠片って何？　それから名前も、なんだっけ、アモンとかアシュトト？　とか、それってどういうこと？　あだ名？　変な名前」

ユージンとポールが同時にこっちを見たのでビクッとした。変な名前と言われて怒ったのだろうか。でも怒っても構わない。そんなことをいちいち気にしていられない。

「俺にも教えてよ。全部知りたい。お願いだから」

「アモン。この坊やに真実を教えたほうがいい。このままでは時間だけが無駄に過ぎていくぞ」

ユージンはポールの言葉に苦々しい表情を浮かべた。

「珠樹が真実を理解できるだろうか」

「させるんだよ。そうしないと本当に手遅れになる。——珠樹」

ポールが初めて珠樹の名前を口にした。

「そんなに知りたいなら教えてやる。俺たちの本当の姿はな、悪魔だ」

ポールが口を閉ざすと沈黙が広がった。ポールが「おい」と顔をしかめた。

「何か言えよ。お前が知りたがっている真実を教えてやったっていうのに」

「だって……。悪魔って……。ふざけてるんだよね？」

「真面目な話だよ。ったく、奇跡を見せてやってもこれだからな。人間ってやつは奇跡を求めるくせに疑り深い。どうしようもないな。——よし、これならどうだ？」

ポールがニーッと微笑んだ。上がった口角が、さらにググッと引き上がる。あり得ない口の広さだ。珠樹の喉が恐怖にヒッと鳴った。

耳もとまで大きく裂けた口は奇怪で不気味だった。だがそれだけでは終わらず、ポールの顔は瞬く間に毛むくじゃらになり、頭の上からはねじ曲がった鋭い角がニョキニョキと生えてきた。

さらにバサッと音がして、ポールの背後で大きな翼が広がった。烏《からす》の羽のように漆黒だ。

「うわ……っ」

いきなりの変身に度肝を抜かれ、珠樹は思わずユージンの後ろに隠れてしまった。

いきなり変身した。しかも人間の姿ではない。これは、この姿は、確かに悪魔だ。悪魔以外の何ものでもない。

「どうだ。これで信じるか？」

地を這うような低い声でポールが尋ねた。ユージンがうんざりしたような口調で「やめろ」と言い放つと、ポールは瞬時にもとのハンサムな顔に戻った。

「気に入らなかったか？　悪魔と聞いて人間が持つだろう、一般的かつオーソドックスなイメージを、ビジュアル的に再現してみたんだが」

「余計なことはするな。お前はふざけすぎだ」

「そういうお前はふざけなさすぎなんだよ。……で、珠樹。これで信じたか？」

珠樹は口を半開きにしたまま頭を振った。

「……無理。悪魔とか絶対に無理。そんなのいるわけない。いないっ。絶対に信じないいっ！」

珠樹は恐怖のあまり軽いパニックに陥っていた。恐ろしさがピークに達したのかもしれない。ここから逃げなくては、と思った。

「嫌だ、もう嫌だっ。こんなところ、嫌だ……っ」

もつれそうになる足で走りだしたが、ドアに辿《たど》り着く前にまた身体が動かなくなった。硬直する珠樹の身体は床から十センチほど浮き上がり、すーっと移動して元の場所に戻った。

「逃げても無駄だ。人の話は最後まで聞きなさい」

厳格な教師のような顔つきで、ポールが珠樹をにらみつけた。人じゃないくせに、と思ったが、突っ込む余裕など欠片もなかった。

「だって、嘘だよ、こんなの……。悪魔なんて……っ」

「お前がイメージしている悪魔とは違う」

ユージンは珠樹の腕を摑み、落ち着き払った声で話し始めた。

「俺たちは古来より地球に存在している、高次元のエネルギー生命体だ」

「エネルギー生命体……？　何、それ」

「言葉のままだよ。肉体を持たずに存在できる生命体ってことだ。人間の魂を何倍にもバージョンアップさせた、最強の魂とでも言えばわかりやすいか？」

ポールが口を挟んだ。本人はいい喩えだと思っているようだが、珠樹にはまったくわからない。

　ユージンが淡々と説明を続けた。

「俺たちは、大昔は人間たちと接する機会も多かった。昔の人間は自然と共存し、目に見えないものを素直に信じていた。だから俺たちの声を聞くこともできたんだ。俺たちは彼らに知恵を与え、時には願いを聞いてやったりもした。そうして俺たち種族は、いつしか人間から神や天使や悪魔と呼ばれるようになった。もちろん、その国々の呼び方でな。俺とアシュトレトは古代エジプトでは神としてあがめられていたが、キリスト教の台頭で異教徒の神は悪魔と考えられるようになり、今では悪魔に分類されている」

「ようは呼び方の問題さ。天使も悪魔も人間どもの勝手な分類に過ぎない」

　ポールは皮肉な口調で言い、肩をすくめた。

「……おや、リサが俺を捜しているようだな。一度、失礼するよ。アモン、せいぜいこの坊やのご機嫌を取って、手懐けるんだな」

　そう言うなりポールの姿が忽然《こつぜん》と消えた。消失したのだ。

「本当に、本当に悪魔なの……？　ユージンもあんなふうに消えることができるの？」

「できる。容易《たやす》いことだ」

　悪い夢を見ているような気分だった。普通の人間ではないと思っていたが、まさか悪魔だったなんて。信じたくないが、ここまでくると信じるしかない。信じないと説明がつかない。

　珠樹はユージンに腕を摑まれたままなのに気づき、「放して」と訴えた。ユージンは手を放してから、低い声で呟いた。

「俺が怖いか」

「え？」

「人間ではないと知って、俺が怖くなったんだろう」

怖いに決まってる。だが今、手を放してほしいと言ったのは、恐怖からではなかった。ただ接触が気まずかっただけだ。でもその気持ちを説明するのは面倒《めんどう》だった。だから珠樹は質問には答えず、話題を変えた。

「本当の名前はアモンっていうんだ？　だけどユージンは実在する人間だよね。もしかして、ユージンの身体を乗っ取っているの？」

ユージンはビリヤード台に近づき、指先で球をついて転がした。

「ねえ、どうなんだよ」

「……アシュトレトの場合、ポールという男の肉体を、本人と契約したうえで借りている。だが俺は違う。ユージンの許可は得ていない」

「じゃあ、無理矢理？　そんなのひどい。本当のユージンはどこにいるんだよ」

人の肉体に勝手に入り込むなんて許せないと思った。

「ユージンの魂は、もうこの肉体には入っていない」

「え？」

ユージンは珠樹のほうに身体を向け、後ろ手でビリヤード台に手をついた。

「事故に遭った時、彼は死んだんだ」

「どういう、こと……？」

「俺はお前を探していた。長い間、探してこの世界をさまよっていた。そしてあの日、日本の東京でやっとお前を見つけた。時期を同じくして、ユージン・マクラードが死んだ。俺たちはエネルギー体のままでは、基本的に人と深く接触できない。お前と話をするために肉体が必要だった。それで俺は魂が抜けて空になったユージンの身体に入り込んだ。ユージンの記憶は自由に読み取れる。だからユージンに成りすますのは簡単だ」

信じがたい話だった。ユージンの肉体に悪魔が宿って生きている――。

けれど、これでやっと腑《ふ》に落ちた。初めて会った時のユージンと、事故後のユージンは別人だった。外見は同じでも中身が入れ替わっていたから、あんなにも受ける印象が違っていたのだ。

自分に対してわけのわからない行動を取ってきたのはユージンではなく、すべてアモンという名前の悪魔だった。しかし、どうして悪魔が自分の魂を欲しがるのだろう？　さっき言っていた欠片とはなんなのだろう？

溢《あふ》れる疑問で頭の中はぐちゃぐちゃだったが、今は何よりもユージンの身体を勝手に使っている悪魔が許せなかった。そんなのひどすぎる。

珠樹は「駄目だよ」と首を振った。

「そんなの駄目だって。本人の許可もなく人の肉体を借りるなんて、いけないことだ。その身体は本物のユージンに返してあげて……っ」

「ユージンはもう死んだ。彼の魂はもうこの世界には存在しない。そのうち生まれ変わって再びこの世にやってくるだろうが、その時は新しい肉体を得ている。要するにこれは死体だ。俺が抜け出た瞬間、この肉体は心臓の鼓動を止め、たちまち屍《しかばね》になる」

悪魔が出ていくとユージンは死んでしまう。反射的に珠樹の頭には、息子の成長を喜んでいたリサのあの笑顔が浮かんだ。息子が死んでしまったらリサは嘆き悲しむだろう。ショーンもまたあの時のように、泣き崩れるに違いない。

だがここにいるのは偽りのユージンだ。みんな本物のユージンだと思い込んでいるが、中身は偽者なのだ。このままでいいのだろうか。

「お前が出ていけというのなら、今すぐこの身体から出ていこう。俺は代わりの肉体を探すのみだ。どうする？」

ユージン――いや、悪魔は珠樹に向かって静かに問いかけてきた。

5

「ん……、サリサリ？　何、やめろよ。くすぐったいって」

サリサリに顔を舐められ、珠樹は朝の光が差し込むベッドの上で目を覚ました。サリサリは遊んでほしいのか喉をグルグルと鳴らしながら、しきりに濡れた鼻面を押し当ててくる。寝返りを打ってもしつこくじゃれてくるので、おちおち寝ていられなくなった。

見た目は怖い黒豹でも中身はやんちゃな猫みたいだ。珠樹は仕方なく、欠伸《あくび》を嚙み殺して身体を起こした。明け方まで寝つけずに悶々《もんもん》としていたので、まだ眠たくて仕方がない。

寝ぼけた頭でサリサリの頭を撫でながら、珠樹は絞り出すように深い溜め息をついた。一夜明けてみれば、昨夜の出来事が嘘のように思えてくる。あれは本当に現実にあったことなんだろうか。もしかして全部、自分の夢だったのでは――。

「……んなわけないいか」

夢だったらどんなにいいかしれない。大富豪のアメリカ人、ユージン・マクラードに誘拐されて、この島――カリブ海に浮かぶマクラード家のプライベートアイランドに連れてこられただけでも、平凡に生きてきた珠樹にとって衝撃的大事件なのに、実はユージンはもう死んでいて、彼の肉体の中にはアモンという名前の悪魔が入り込み、ユージンのふりをしていたというのだから、もう完全に理解の許容範囲を越えた話だ。

何もかもが嘘だと思いたかった。すべて夢だと思いたい。もしくはユージンとポールに担がれたのだと。だが昨夜のことをひとつひとつ思い出すと、そんなふうに都合よく考えるのは到底無理だった。

人間にはあんな恐ろしい真似はできない。人を空中に浮かせたり、指一本触れずに他人の身体の自由を奪ったり、自分の顔を毛むくじゃらの化け物に変化させたり、瞬時にその場から消え去ったり、とにかく挙げればきりがないほどユージンとポールの持つ力は異様で信じがたいものばかりだ。

ここまでくると、本人たちが言うように悪魔だと考えるのが一番自然なんだと思える。悪魔なんて非科学的だし出来の悪い冗談みたいだが、それ以外の言葉では説明がつかないのだ。

ユージンは自分たちのことを、悪魔といっても人間が想像するような悪の化身ではなく、地球上に古来から存在するエネルギー生命体だと説明していたが、やってることは悪魔の名に相応しい卑怯な行いだ。ユージン――いや正確にはユージンの中にいる悪魔のアモンに至っては、死んだ人間の身体を勝手に使っているのだから、あまりにもひどい。

『お前が出ていけというのなら、今すぐこの身体から出ていこう。俺は代わりの肉体を探すのみだ。どうする？』

昨夜のアモンの問いかけに、珠樹は何も答えられなかった。本当は早くユージンの身体から出ていけと言いたかったが、珠樹がそう言った瞬間、ユージンが死んでしまうからだ。

実際には東京で事故に遭った時に死亡しているわけだから、あらためて死ぬという考えは間違いかもしれない。けれど母親のリサや秘書のショーンたち周囲の人間にとって、ユージンはまだ生きている。たとえ中身は違っていても。

アモンのしていることは死者を冒瀆《ぼうとく》し、そのうえユージンを愛する人たちの心まで踏みにじる許されない行為だ。そんなことは百も承知だったが、珠樹がユージンの身体から出ていけと言えば、リサやショーンを悲しみのどん底に突き落とすことになる。

そう思ったら即座に決断などできなかった。だからその場しのぎと知りつつ、アモンに少し考えさせてほしいと頼んだ。ひとりになって自室のベッドの中で延々と考え続けたが、思ったとおり、やはり答えは出なかった。

珠樹は半年前、たったひとりの家族だった祖母の貴代を亡くしている。大事な人を失う悲しみや辛さは嫌というほど知っているから、余計に迷ってしまうのかもしれない。

――ユージンはもう死んでいる。

あらためてその事実を考えると悲しみが襲ってきた。大声を上げて泣きたいような大げさな悲しみではなく、しんみりした気持ちに包まれ、心がじわじわと寂しくなっていくような悲しみだ。

珠樹が清掃員として働いている病院に、ユージンは入院中の父親を見舞うためにやってきた。父親が苦手で気が乗らない来日だったらしく、彼は始終不機嫌だった。ちゃんと言葉を交わしたのは一度だけだったし、我が儘なセレブのお坊ちゃんという印象しか持てなかったが、それでも人の死はいつだって悲しくてやるせないものだ。

珠樹は暗くなっていく気持ちを振り払うように、アモンへの怒りを無理矢理かき集めた。事故後のユージンの変化が腑に落ちなかったが、今にして思えば道理でだ。自分がずっと接してきたユージンは本当のユージンではなかったのだから、別人のように感じたのも当然だった。

「それにしても、これからどうしたらいいんだろう……」

思わず独り言を漏らしたら、サリサリが「どうしたの？」というように、珠樹の顔をジッと覗き込んできた。心配事などまったくなさそうな呑気なサリサリを見ていたら、羨ましいのを通り越して少し腹が立ってきた。

「お前さ、自分のご主人さまの中身が入れ替わったことに、まったく気づいてないのか？　野生の動物って鋭いんじゃないのかよ」

ペットとして飼われているのだから、正しくは野生ではない。八つ当たりもいいところだ。責めるような口調が気に入らなかったのか、サリサリは「知らないよ」とばかりにそっぽを向いてしまった。珠樹は慌てて「ごめんごめん」と謝り、ご機嫌を取るようにサリサリの頭を撫でた。

サリサリに文句を言うのはお門違いだ。仮にサリサリがユージンの異変に気づいたとしても、きっと悪魔なら動物の気持ちでさえ易々と操ってしまえるだろう。

だけど、と不可解に思った。アモンたちの不思議な力は、なぜか珠樹にだけは効かないらしい。身体の自由は奪えても精神までは操れないようだ。アモンは欠片の力だと言っていたが、その欠片が一体なんなのか、珠樹にはさっぱりわからない。

珠樹を恋人にしたがるのも、きっとその欠片と関係しているのだろう。こうなったらアモンには、何もかも洗いざらい話してもらう必要がある。今すぐにでもアモンのところに行って、いろいろ問い質したい気分だったが、ユージンの肉体からアモンを出て行かせるかどうか、まだ決断できない。

「そんなこと決めるの、俺には荷が重すぎるよ」

珠樹はそうぼやいてから、泣きつくようにサリサリの黒い毛並みに顔を埋めた。


「おはよう、珠樹。よく眠れた？」

ダイニングルームに行くと、リサとポールが大きなテーブルにつき、一緒にコーヒーを飲んでいた。

「私たち早く目が覚めてしまったから、先に食事を済ませてしまったの。ごめんなさいね」

リサは上品な微笑みを浮かべて、流暢な日本語で話しかけてきた。リサは大富豪の生まれだが、気取ったところがない素敵《すてき》な人だ。息子のユージンが我が儘に育ったのは、自分が甘やかせて育てたからだと反省もしていた。

「ねえ、珠樹。あなた、いつまでここにいるの？」

「え……？」

「よかったら、ニューヨークの自宅にも遊びにいらっしゃいよ。心から歓迎するわ」

楽しげに話しかけてくるリサの態度に違和感を覚えた。珠樹が誘拐されてきたことは知っているはずなのに、まるでこの島に観光に来ていると思っているような口振りだ。

珠樹はまさかと思い、すました態度でコーヒーを飲んでいるポールに目を向けた。ポールは珠樹と目が合うと、リサに気づかれないようこっそりとウインクしてきた。

ポールのハンサムな、だがにやけた顔を見た瞬間、呆れと怒りが同時に湧き上がった。ポール、いやポールの中にいるアシュトレトは、リサの記憶を消したのだ。昨夜の出来事だけをきれいに消し去った。

「まあ、大変だわ」

自分の携帯を持ったリサは、画面を見ながら眉《まゆ》をひそめた。

「メール？　何かよくない知らせ？」

アシュトレトが尋ねた。英語だったが昨夜同様、すべて意味がわかった。

「ええ。父が転んで足を骨折したっていうの。心配だから向こうで電話してくるわ」

リサの英語も難なく理解できた。聞き取れるのは有り難いが、喋ることはできないので英語でコミュニケーションを取るのは無理だろう。

リサがいなくなってしまってから、珠樹はアシュトレトをにらみつけた。

「なんだ？　怖い顔をしているな」

「アシュトレト。リサの記憶を消しただろう」

「そうだが、何か問題でも？」

「あるよ。あるに決まっている。今すぐリサの記憶を戻せよ。人の頭の中を弄《いじ》くるなんて最低だぞ。この礼儀知らず」

アシュトレトは眉根を寄せ、「人間のガキが俺に説教か」と不愉快そうに言い返してきた。

「また空中に浮かせてクルクル回してやろうか？　それとも生意気な口が利けないように、その口をなくしてやろうか？」

口がなくなった自分の顔を想像して怖くなった珠樹は、咄嗟に両手で口もとを押さえた。

「バーカ、冗談だよ。簡単にできるが、そんなくだらない真似はしない。悪戯好きの程度の低い悪魔じゃあるまいし」

昨夜、俺のことを空中で回したことだって、十分くだらない真似じゃないかと思ったが、言い返せば本当に口を消されてしまいそうなので、文句は我慢した。

「お前がリサの記憶を消したって、俺は何度でもリサに事実を訴えるぞ」

「やめておけ。そのたびアモンはリサの心をコントロールし、俺はリサの記憶を消すことになる。手間をかけさせるな。……いいか。リサにはどうすることもできないんだから、覚えていないほうが幸せなんだよ。だってそうだろう？　息子が他人を誘拐して軟禁しているのに、自分は何もできない。リサは駄目な母親であることを責め、そして無力な自分に絶望して苦しむんだ。気の毒だと思わないか？」

そういう言い方だとアシュトレトがリサのことを思いやり、彼女に苦しみを与えないために記憶を消したように解釈できる。けれど、この男がそんな親切な心を持った悪魔には到底思えない。

「善人ぶるな。本当にリサを思っているなら、ポールのふりをするのもやめろよ。騙《だま》して面白がってるくせに」

「ああ、面白いよ。お前たち人間は見ていて飽きない。あくせく動いて、くだらないことで一喜一憂して、何も知らないまま短い一生を終えるちっぽけな生き物だ。俺たちから見れば虫けらと同じだ」

人間を虫けら扱いするアシュトレトの傲慢さに、言いようのない怒りを覚えた。自分たちがどれだけ偉いというんだ。

「その虫けらの身体を借りてるのは誰だよ。人間を馬鹿にしているなら、どうして人間のふりをして暮らしているんだ？」

珠樹の反撃にもアシュトレトはまったく動じず、皮肉な笑みを悠然と浮かべた。

「それは面白いからさ。人間の世界はくだらなすぎて面白い。だがその面白さは肉体がないと味わえない。だからこうやって人間の身体を拝借して遊んでいるんだ。お前たちも遊園地に行けばジェットコースターやアトラクションを楽しむだろう？　それと同じだよ」

「人間は乗り物でもおもちゃでもない。お前が乗っ取っているポールにだって人生があるんだ。お前に肉体を奪われて、きっと悲しんでる」

ポールがどういう人間か知らないが、悪魔に肉体を奪われた状態に満足しているとは思えない。だがアシュトレトは珠樹の言葉を聞くと、ニヤッと意地の悪い笑みを浮かべた。

「ポールは悲しんでなんかいない。これは取り引きした結果だからな。こいつは野心家の男で、大金持ちのリサにも取り入っていた。ところが少し前、強盗に襲われ拳銃で腹を撃たれた。ポールは薄れていく意識の中で、まだ死にたくない、悪魔に魂を売り払ってでも生き続けたいと願ったから、俺は魂ではなく肉体をよこせと言ってやった。期限は三年。その間、弁護士の仕事は俺が引き継いで上手くやってやるとも言った。ポールはあっさり取り引きに応じたよ。そりゃそうだろ。三年だけ我慢すればいいんだ。そうすれば死ぬこともない。言っておくが、俺たちは基本的に相手の許可がなければ、勝手に肉体を奪ったりしない。いつだってフェアに取り引きしているんだ。お前が思うほど悪辣《あくらつ》じゃないぞ」

どうだか、と思った。取り引きといっても相手の弱みや欲につけ込んで、都合のいいように人間を支配しているだけじゃないか。

「取り引きって言うけど、アモンはユージンの許可を得てないだろ」

「ユージン・マクラードは死んだんだ。死体を使うのに許可なんて必要ない。……だがアモンみたいに死者の肉体を使うのは賢いやり方ではないな」

「どうして？」

「面倒だからだよ。死者の肉体に入ってしまうと維持に神経を使う。俺なら絶対にごめんだな。まあ、あいつも咄嗟のことで、ボディを選《え》り好《ごの》みしていられなかったんだろう」

アシュトレトがそう言って肩をすくめた時、リサが戻ってきた。顔色は優れないままだった。

「ポール。父が心配だから、私はニューヨークに戻るわ。ごめんなさい。しばらくゆっくりできると思ったんだけど」

「そう。仕方ないね。じゃあ俺も一緒に帰るよ。ここは本当に素晴らしいところだけど、君がいなけりゃつまらない。俺にとっては君のそばがパラダイスなんだ」

アシュトレトは胸焼けがするほど気障な台詞《せりふ》を臆面《おくめん》もなく言ってのけると、立ち上がってリサを軽く抱きしめた。リサは満更でもない表情だ。

「珠樹。ニューヨークにいる父が怪我をしてしまったの。だから来たばかりだけど、これからポールと一緒に帰るわ。ユージンと仲よくしてやってね」

「リサっ、待って！　俺はユージンの友人じゃないんだ。ここには誘拐されて——んっ」

突然、唇が縫い合わさったかのように、くっついて動かなくなった。

「珠樹？　どうしたの？」

目を剝いて口を一文字に引き締めている珠樹を見て、リサが怪訝な顔をする。珠樹はなんとしてもリサに真実を訴えなければという気持ちで、手を振り回して「んーっ」とくぐもった声を上げたが、無駄な抵抗だった。

アシュトレトは小馬鹿にしたように珠樹を見やりながら、リサの耳もとで「気にするな」と囁いた。

「お前はこれからポールとニューヨークに戻るんだ。珠樹はこの島での暮らしを楽しんでいる。ユージンのよき友として。問題は何もない」

リサは途端にぼんやりした表情になり、「そうね」と小さく頷いた。

「何も問題はない。私は安心してこの島を出ていける」

「そうだよ、リサ。さあ、荷造りをしてこよう」

「ええ」

アシュトレトに背中を押されたリサは、もう珠樹には目もくれず、その場から去って行った。ふたりがいなくなった途端、珠樹の口は元に戻った。

「くそ……っ、あの馬鹿悪魔め……！」

またもやアシュトレトに言いように扱われたことが腹立たしくて、珠樹は地団太《じだんだ》を踏んだ。


リサとアシュトレトを乗せたヘリコプターが飛び立っていく。珠樹は庭に出てアモンやショーンと一緒に見送っていたが、ヘリコプターが浮き上がった途端、逃げるように走りだした。悔しさが際限なく押し寄せてきて、その場にいるのが耐えきれなくなったのだ。

自分の部屋へと駆け込み、ダイブするようにベッドに倒れ込む。珠樹はこぼれそうになる嗚咽を必死でこらえた。

リサと一緒にあのヘリコプターに乗って、この島から出て行きたかった。だがどう足掻《あが》いても無駄だ。アモンとアシュトレトに邪魔され、リサには真実を知ってもらえない。

しばらくして激しい感情が去ると、やりきれない悲しみだけが残った。珠樹は枕《まくら》に顔を埋めて声もなく泣いた。泣いてどうなるわけでもないが、今は絶望感に包まれて泣くことしかできなかった。

日本に帰りたい。早くの自分の家に帰りたい。こんな島、嫌いだ。わけもわからない悪魔も大嫌いだ。日常を取り戻したい。穏やかに暮らしたい。

「珠樹」

背後でユージン、いやアモンの声が聞こえた。いつ部屋に入ってきたのかまったくわからなかった。もしかしたら幽霊のように突然、部屋の中に現れたのかもしれない。だとしても、もう驚く気にもなれなかった。

珠樹は上体を起こし、頬を濡らす涙も拭《ぬぐ》わず、きつい眼差しでアモンを振り返った。

「何、アモン。俺になんの用？」

挑戦的な言い方になった。アモンは苦々しい顔つきで「その名前で呼ぶな」と答えた。

「どうして？　なぜいけないんだよ？　アモンでいいだろう。だってお前はユージン・マクラードじゃない。お前は血も涙もない悪魔だ。人間を虫けら扱いするアシュトレトの仲間なんだろ」

アモンは無言でベッドの端に腰を下ろし、珠樹のほうに身を乗り出してきた。

「な、何だよ？　怒ったのか？　怒っても全然怖くな——」

殴られるのかと思い怯《ひる》んだが、そうではなかった。アモンは何を思ったのか、珠樹の頭を両手で押さえつけ、濡れた頬をぺろっと舐めた。一度では終わらなかった。熱い舌は涙の筋を追うように、目尻にまで達する。

「……っ！」

珠樹はうろたえた。アモンの突然の振る舞いより、生々しい舌の感触に身体の奥がカッと熱くなり、身震いまで覚えた自分自身に驚いたのだ。

「何っ？　なんで顔なんか舐めるんだよ……っ」

珠樹はアモンの胸を強く押しやって逃げた。アモンは口を少し動かしている。まるで涙の味をじっくり味わっているようだ。

「しょっぱいな」

そんな感想とも呼べない言葉を呟かれ、一気に身体中から力が抜けた。

「当たり前だろ……。涙を舐めるなんてどういうつもりだよ。変な奴《やつ》」

「サリサリはよくても、俺は駄目なのか？」

不服そうに聞かれ、そういう状況ではないのに笑いそうになった。またサリサリに対抗心を燃やしている。

「サリサリはいいんだよ。動物だし可愛いし、俺のことすごく好いてくれているのがわかるから」

言いながら、あれ、と思った。アモンに乱暴されそうになった夜、確かにサリサリがやって来て、涙に濡れた珠樹の頬を舐めてくれたが、どうしてアモンがそのことを知っているのだろう。

「……お前、もしかして千里眼？」

「千里眼とは？」

逆にアモンに聞かれ、千里眼はさすがに古臭い表現だったと反省した。貴代が何かを探している時、先に気づいた珠樹が見つけて差し出すと、決まって「珠樹は千里眼だね」と言われたので、つい口を突いて出てしまった。

「千里眼っていうのは、あれだよ。隠れているものを透視したり、遠くで起きていることがわかったりすること」

「そういう意味か。確かに俺はその気になれば、なんでも見られる」

やっぱり、と思った。今まで知らないところで透視されていたのだと思うと悔しくなった。

「覗き見するなんて卑怯だぞっ」

「覗き見？　俺がお前の部屋を覗いていたというのか？　馬鹿馬鹿しい。お前のことを始終見ているほど俺は暇じゃないし、物好きでもない。自惚《うぬぼ》れるな」

「な……っ」

自意識過剰だと一笑に付されてしまった。屈辱以外の何ものでもない。

「だったら、どうしてサリサリが俺の涙を舐めたことなんか知ってるんだよっ。覗いていたからだろう？」

「いや、それは違う。あれは――」

途中まで言ってアモンは急に口を閉ざした。

「あれは？」

珠樹の催促を無視し、アモンはむっつりした表情で目をそらした。

「なんだよ。都合が悪くなったらだんまりかよ。お前、最低」

そっぽを向くと、アモンは珠樹の顎を摑んで自分のほうを向かせ、「とにかく」と断固とした口調で言った。

「俺はお前の部屋を覗いたりしていない。絶対にだ」

アモンはきっぱり言い切り、自分をにらみつけている珠樹を見つめた。そうなると目をそらしたら負けのような気がして、珠樹はアモンの視線を正面から受け止めた。

長い間、見つめ合った。先に目をそらしたのはアモンのほうだった。意味もないにらめっこが馬鹿らしくなったのかもしれない。ささやかな勝利に珠樹が気をよくしていると、アモンは拗ねたようにベッドのシーツを意味もなく引っ張りながら、「そんなに俺が嫌いか」と呟いた。

「お前は俺以外の人間には笑顔を見せるが、俺の前では絶対に笑わない」

自分を誘拐した相手に対して、優しく笑いかけることができると本気で思っているのだろうか。やっぱり情緒の面では中学生以下だと呆れた。いや、そもそも悪魔に情緒を求めてはいけないのかもしれない。

だがアシュトレトはプレーボーイを気取っていた。実際、リサの扱いも手慣れたもので、女性の心理には聡《さと》いようだったから、悪魔にも個人差というものがあるのだろう。

アモンは人の心がわからない男だが、アシュトレトと比べたらはるかにましだと思った。アシュトレトよりは、まだまともな感覚を持っている気がする。

「好き嫌いの問題じゃないんだよ。俺はお前に誘拐されて、この島に軟禁されているんだぞ。こんな状態でお前に優しくなんてできない」

「だが俺はお前を丁重に扱っている」

「扱ってても駄目。俺を日本に帰してくれよ。そしたらきっと、お前にも笑顔を見せられる」

無理だろうと思いつつ言ってみたが、案の定、アモンは「それはできない」と即答した。

「お前に欠片を返してもらわないといけないからな。それに欠片は今、不安定な状態にある。そんな状態のまま、この島を出るのはお前にとっても危険だ」

出た。また欠片だ。珠樹は意を決してアモンに問いかけた。

「欠片って何？　俺はすべて知りたい。ねえ、アモン。何もかも話してよ」

真剣に訴える珠樹を見て、アモンはしばらく無言だった。

静かな瞳だった。その内側にある心がまったくわからない。でも心がないわけではないのだ。それはわかっている。

「……話せば長くなる」

「長くてもいいよ。全部聞く。聞きたいんだ」

知りたい。欠片とはなんなのか。そしてアモンがなぜ自分をずっと探していたのか。

すべてを知れば、今よりもっとアモンのことを理解できるし、この行き詰まった状態を少しでも変えられる気がした。

「――今から三千年以上前、俺は古代エジプトにいた。あの土地を気に入っていて、長い間、ナイル川の周辺で暮らしていた。暮らすといっても肉体はないから、ただそこにいてあらゆるものを眺めていたに過ぎないが、たまに気が向けば人間たちとも関《かか》わり、知恵を与えたり願いを叶《かな》えてやったりしていた。俺たちにとって人間は無知で未熟な種族だが、興味深くて無視できない存在でもあったんだ」

珠樹はベッドの上で膝《ひざ》を抱えてアモンの話に耳を傾けていたが、どんなふうに人間と関わったのか気になり、質問を投げかけた。

「肉体がないのに、どうやって人間と話をするの？」

「霊的に優れた人間や信仰心の強い人間なら、俺たちの声を聞くことができる。目に見えないものを信じている人間は、ある種の回路のようなものが開いているから、俺たちの思念やエネルギーを受信できるんだ。他にも俺たちは、人間が奇跡と思うような現象を容易に起こせるから、そういったものを通して人間にメッセージを送ることもできる」

アモンはベッドの端に腰を下ろしたまま、珠樹に横顔を見せながら静かに話を続けた。

「その頃のエジプトは多神教国家で、国民はたくさんの神を崇《あが》めていた。俺もその中のひとりとして、彼らの信仰対象になっていた。アシュトレトもそうだ。人間から崇められることに執着を持つ者もいれば、面白がる奴もいるし、なんの興味も示さない者もいる。人間を導こうとする者、堕落させようとする者、様々だ」

「アシュトレトは面白がって堕落させようとするタイプだろ？　絶対にそうだ」

すかさず珠樹が口を挟むと、アモンは「よくわかったな」と微笑んだ。優しげな瞳を向けられ、なぜかドキッとした。

「どうした？　俺の顔に何かついているのか？」

そう言われて、自分がアモンを見つめていることに気づいた。

「な、なんでもない。……続けて」

誰に言い訳しているのか珠樹は心の中で、別に見とれたわけじゃないし、と呟いた。滅多に笑わないアモンが笑ったから、ちょっとびっくりしただけだ。

「信仰というものは最初は小さな始まりだが、権力と結びつくとたちまち肥大化していく。俺の名はあの国でやがて大きな意味を持つようになり、テーベの神官たちは俺の名の下に勢力を強めていった。そのことに畏《おそ》れを感じたファラオがいた。彼は神官たちの力を奪うためアテンという別の神を信仰し、アテンこそが唯一の神と崇め始め、他の神を信仰する者たちを徹底して迫害するようになった」

古代エジプトのファラオといえば、せいぜいツタンカーメン王くらいしか知らない珠樹なので、アモンの語る王朝のこともアテンという神のことも、さっぱりわからなかった。

「それでアモンはどうしたの？　迫害されている人たちを助けてあげたの？」

「いや。俺は気にも留めなかった。彼らは俺自身ではなく、自分たちがつくりあげたイメージに、俺の名前をつけて勝手に崇めていたに過ぎないからだ。助けてやる道理も義理もない」

珠樹が「ひどい。冷たいよ」と文句を言うと、アモンは俺の知ったこっちゃないと言わんばかりに軽く首を振った。

「人間たちの諍《いさか》いは人間たちの責任だ。いちいち手を貸していてはきりがない。……だが、あの時はまったく無視もできなかった。なぜならファラオをそそのかして宗教改革を行わせたのは、俺たちの仲間だったからだ。アズライールという狡猾《こうかつ》な奴で、あいつは常に俺を敵視していた。人々が俺を崇めているのが気に食わず、ファラオの不安につけ込んだんだ」

アズライール――。聞き覚えのある名前だった。確か昨夜、アシュトレトがその名前を口にしていた。

「アズライールに操られたファラオが無茶《むちゃ》な宗教改革を押し進めたせいで、国は混乱して人々は苦しんでいた。そんな時、ファラオの娘である王妃と結婚した少年がいた。少年はファラオと共同統治の座に就くことになり、若きファラオとなった。共同統治といっても実質的には王権の交代だ。若きファラオは荒れた国の実状を憂い、いまだアテン神だけを信望する先王と、従来の神、つまり俺を信仰するテーベの神官団を和解させようと尽力した。見ていて憐《あわ》れになるほど必死だった。彼は純粋に民を想《おも》い、国を想っていた」

アモンの目は遠くを見るように細められていた。大昔に出会った少年王の面影でも思い出しているのだろうか。

「彼は日々、神殿に足を運んでは、俺の名前を口にしながら祈りを捧《ささ》げた。時には夜通し祈り続けることもあった。俺はいつしかそのひたむきな姿に心を動かされ、敬虔《けいけん》な信者だった衛兵の肉体を借り、若きファラオの前に姿を現した。彼は利口な若者だった。目の前にいるのがずっと祈りを捧げ続けた相手だと知ると、恐れもせずにまっすぐな目で俺を見て、この国に平安を取り戻してほしいと訴えてきた」

なんだろう、と思った。別に声が小さくなっているわけでもないのに、アモンの声から力がなくなっていくように感じる。

「それで、どうしたの？」

先を促すとアモンはすぐに口を開いたが、どことなく憂鬱な気配を感じた。あまり話したくないのかもしれない。

「俺たちが人の祈りを叶える時、それを契約と呼ぶ。契約内容は具体的でなければいけない。たとえば永久の平穏や末永い繁栄といった曖昧《あいまい》な願いは駄目ということだ。さらに願いに応じた対価も必要だ。それを教えると若きファラオはこう言った。では、この国に平安が戻るよう、私は身を粉にして働く。私の力で国民が安心して暮らせる国にしてみせる。それまでの間、私を外敵から守ってほしい――」

「外敵って？」

「若きファラオには敵が多かった。自分の命を狙う者たちがいることを知っていたんだ。彼は願いを聞き入れてくれるなら、対価として自分が死んだら魂を与えると約束した。死後の世界を信じている彼らにとって、それは永久の命を手放すのと同じ意味を持つ。俺は彼の覚悟のほどを知り、契約に応じた。その際、契約の証《あかし》として俺の魂の一部を、若きファラオの魂の中に溶け込ませた」

「魂の一部を……？　そんなことできるんだ？」

　珠樹の驚いた顔に目をやり、アモンは「簡単ではないがな」と頷いた。

「そうして俺には若きファラオを守る義務が生まれた。俺はひとりの人間の命を守ることなど造作もないと高をくくっていたが、その油断が仇《あだ》となった。俺たちの契約を嗅ぎつけたアズライールは、俺を巧妙に騙して若きファラオから引き離し、彼を亡き者にしてしまったんだ。俺はアズライールのたくらみのせいで一時的にすべての力を失い、息絶えていく若きファラオを助けることができなかった。彼は死に際、誓いを守れなかった俺にこう言い残した。――来世の私を探して許しを請え。私の心を動かすことができたら、私の中にあるお前の魂の欠片は、お前の内へと還《かえ》るだろう」

　アモンの声に苦痛が混ざり込んでいた。過去の自身の過ちを責めているのか、志《こころざし》半ばで命を絶たれた若きファラオを憐れんでいるのか、珠樹には本当の内心はわからなかったが、アモンにとってその出来事は、耐え難いほど苦しい記憶なのだと感じられた。

「それからアモンはどうしたの？」

黙り込んでしまったアモンに、珠樹は躊躇いがちに尋ねた。アモンは少しぼんやりした表情で珠樹を振り返り、「それから？」と呟いた。

「そう。その後だよ」

アモンは何かを噛みしめるように、「その後、か」と重々しく呟いた。

「俺は若きファラオの生まれ変わりを探した」

「でも顔も姿も名前も違ってるんだろ？　一体どうやって探したの？」

「彼の魂には俺の魂の一部が混じっているから、近くにいれば存在を察知できる。俺は失われた魂の一部を取り戻したい一心で、地球上を延々と探し続けた。いろんな国、いろんな時代をさまよい続け、そして三千年以上が過ぎた」

「そんなに長い間？　気が遠くなる……」

溜め息交じりの声が出た。三千年以上の月日の流れがどういうものか、まだ二十年ほどしか生きていない珠樹には想像もつかない。永遠にも等しい時間だとさえ感じる。

「お前たち人の子とは時間の概念が違う」

たいしたことではないという口調だった。

「で、ファラオとは再会できたの？」

「できた。これまでに三度、若きファラオの生まれ変わりを見つけた」

三千年で三回。平均すれば千年に一度だ。それが多いのか少ないのかも珠樹にはわからない。

「許してもらえた？」

結果が知りたくて勢い込んで聞いたら、アモンが目に見えて不機嫌そうな表情になった。

「お前、まだわかっていないのか？　鈍いにもほどがある」

「な、なんだよ、いきなり」

人の心がわからないアモンに鈍いと言われ、珠樹はムッとした。

「……本当にわかってないんだな」

深々と溜め息をついたアモンは、不意に手を上げると珠樹の後頭部に手を添え、自分のほうに引き寄せた。

「俺は許されていないから、今でもお前の前にいるんだ」

「え……？」

どういう意味なのかわからず一瞬きょとんとなったが、真剣なアモンの眼差しを受け止めているうち、ある事実に思い至った。というか、普通に考えればすぐ気づきそうなことだった。

「もしかして、まさか、そうなの……？　俺が、ファラオの生まれ変わり……っ？」

「そうだ。お前は三度目に見つけた生まれ変わりだ。一度目も二度目も駄目だった。お前は俺のことを思い出せず、俺を激しく拒み続けた挙げ句、俺を許さないうちに死んだ。だから、これが三度目の正直だ。俺にはもう時間がない。なんとしてもお前の許しを得て、お前の中にある欠片を取り戻さなければならないんだ。……珠樹。誓いを破った俺を許してくれ。心から詫びる。だからお前に預けた俺の魂の欠片を返してくれ」

かき口説くような口調で懇願され、言葉を失った。アモンが初めて珠樹の家にやって来た夜も、こんな雰囲気だった。ひどく苦しげで、追い詰められた手負いの獣が許しを請うているような、目を背けたくなる痛々しさがあった。

「ごめん、アモン。許してあげたいけど、どうしていいのかわからない。前に許すって言ったけど、あれじゃあ駄目だったんだろ？」

「ああ。俺も一度はあれで許されたと思ったが、口先だけの言葉では効果がないらしい」

「……そうだ。昔の記憶を俺に思い出させることってできないの？　記憶があれば、ちゃんと許すことができると思う」

アモンは「できない」と首を振った。

「お前の精神を操ることはできない。俺の魂の欠片がお前を守っている」

「で、でも自分の魂だろ？　なのに思いどおりにできないの？」

「契約を守れなかった時点で、欠片は若きファラオのものになってしまったからな。……珠樹。記憶は必要ない。お前が俺を愛してくれれば、それでいいんだ」

切なげな表情でアモンが顔を近づけてきた。珠樹は逃げるように身体をずらしたが、後ろはヘッドボードなのですぐアモンに捕まってしまった。

アモンは両腕を壁につき、珠樹をその間に閉じ込め「頼む」と囁いた。

「俺を愛してくれ。愛は許しと同じ意味を持つ。お前が俺を愛せば、欠片は自然と俺の中に戻ってくるはずだ」

「む、無理だよっ。愛情なんて急に芽生えるもんじゃないし……っ」

アモンの抱える事情はこれでやっとわかったが、だからといっていきなり愛せるはずもない。

「だが一度は俺に愛情を持ってくれた。あの時、欠片が目覚めたのはそのせいだ」

「あの時って……。もしかして、俺が意識をなくして倒れた時のこと？」

寒空の下、コートも着ないで長い時間、自分を待っていたユージンを見て気持ちを動かされた珠樹は、思わず彼の冷え切った手を握り、吐息を吹きかけ温めようとした。その時、身体の奥がカッと熱くなり、心臓が苦しいほど早打ちして、そのまま気を失ってしまったのだ。

「そうだ。あの時、お前の中で俺を受け入れる気持ちが芽生え、眠っていた欠片が突如、活性化した。もう一度、あの時と同じ気持ちになればいい」

顔を近づけてくるアモンの胸を慌てて押しやり、珠樹は「無理っ」と叫んだ。

「急に言われても、そんなの無理だよっ。第一、あの時は同情しただけで、べ、別に愛情とか、そんな大げさな気持ちがあったわけじゃない」

「いや、あった。お前は自覚していなかっただけだ。瞬間的にかもしれないが、俺に愛情を持ったのは間違いない。でなければ欠片は目覚めなかった。……珠樹」

「あ……！」

アモンが焦《じ》れたように珠樹の腕を引き、強引にベッドの上に押し倒した。珠樹はキスされる寸前にアモンの口を手で押さえ、なんとか阻止した。するとアモンが苛々したように舌打ちして、同時に瞳が金色に光った。また身体の自由を奪う気だ。

「アモン、それ嫌だって！　身体を動かなくしたら絶対に許さないからっ。そんな卑怯なことをする相手のことなんて、死んだって愛さないっ！」

珠樹は夢中で叫んだ。アモンはしばらく金色の瞳のまま、食い入るように珠樹を見つめていたが、やがて諦めたのか短い溜め息を吐《つ》いて目を閉じた。再び瞼《まぶた》が開いた時には、もう元の色に戻っていた。貞操の危機を脱して安堵したが、アモンは上からどいてくれない。

「お、重いよ、アモン。どいて」

「それくらい我慢しろ。俺だって我慢したんだから」

どういう理屈だと思った。アモンは二進《にっち》も三進《さっち》もいかない状況にうんざりしたように、脱力して珠樹の肩口に顔を埋めた。身体が密着しているので緊張してしまう。それにこの気まずい空気も耐え難い。

珠樹は雰囲気を変えたくて、思いつくままに口を開いた。

「そういえば、俺の中で欠片が目覚めた時、アモン、まずいなって言ったよね。あれってどういう意味？」

珠樹がアモンに一瞬でも愛情を感じて欠片が目覚めたなら、全然まずい話ではなく、むしろ歓迎すべき状況だったはずだ。

アモンは急に難しい顔つきになり、ごろっと身体を回転させて珠樹の隣に横たわった。

「欠片が活性化したままだと、他の奴らにお前の存在を気づかれる恐れがある」

「他の奴らって悪魔のこと？」

「悪魔とは限らない。俺たち種族に対する人の呼び方は様々だ。悪魔、天使、妖怪《ようかい》、神、幽霊、悪霊、宇宙人、妖精、精霊――」

「わ、わかったよ、もういい。それで、どうしてそういう連中が俺の存在に気づくとまずいわけ？」

珠樹はアモンがどう答えるのか気になり、身体を俯《うつぶ》せにして肘《ひじ》を突いて上体を起こした。

「俺は自分の魂を分離させた時、ある種の保存手法を用いた。お前に言葉で説明するのは難しいが、喩えるなら炭素に高温高圧を加えるとダイヤモンドができるように、俺は魂の一部に手を加えて特殊な欠片をつくり、それを若きファラオの魂の中に入れた。つまり、ただの魂の欠片じゃないんだ。ある者たちにとっては非常に価値がある」

「どういう価値があるの？」

「欠片はエネルギー増幅器のような役割を持つ。手に入れればエネルギーが高まり、その結果、強大な力を手にすることができる。俺たちの世界には力の差によるヒエラルキーが存在するが、最下層の者でも俺の欠片を手にできれば、一気に最上層に移行できるだろう。だから欠片が活性化した状態だと力を欲しがる者たちが群がってきて、お前に危害を加える恐れがあるんだ」

ことともなげにさらっと言われ、珠樹は驚きのあまり飛び起きた。

「何それっ？　危害ってどういうこと？　まさか俺を殺して欠片を奪うつもり？」

「まあ、そういうことだが安心しろ。この島にいれば心配ない。俺の気を島全体に巡らし、バリアのように覆っているから、欠片が活性化しても誰も気づかないし、気づいた者がいたとしても島には入ってこられない」

「……ってことは、俺はこの島から出られないの？　や、でも、今のところ欠片は活性化してないから、島を出ても平気だよね？」

アモンが「まあな」と言ってくれたので、心から安堵した。

「よかった。安心したよ」

「安心ついでに、いいことを教えてやろう。人間の魂を得るには相手の了承が必要になる。お前さえ同意しなければ、魂を奪われることはない。魂が無事なら肉体の命を絶たれても、また別の身体に転生できる」

アモンの言い方が無神経すぎて、眉間にしわが寄った。生まれ変わることができるから、死んでも平気だなんて理屈はひどすぎる。

「いくら魂が無事でも、俺はこの身体があるから俺なんだ。生まれ変わったら、それはもう俺じゃない。第一、人の死をそんなふうに軽々しく考えるなんて間違ってる」

アモンは怒りだした珠樹を不思議そうに見上げた。

「肉体はあくまでも器に過ぎない。その証拠にお前はこれまでだって、何度も何度も新しい肉体に宿ってきた。俺から見ればファラオも今のお前も、同じ人間だ。顔や姿や性格は違っていても、本質的部分に変わりはない」

「アモンから見ればそうかもしれないけど、俺は今の人生しか知らない。魂とか本質的部分とか言われても、何もわからないよ。……俺は羽根珠樹。日本の東京で生まれた二十歳の男で、仕事は病院の清掃員。家族はいない。おばあちゃんが死んじゃって、半年前から一人暮らし。ひとりになって寂しいけど、どうにか頑張って生きてる。それが俺だよ。前世のことなんて知らないし、ましてや来世のことなんて考えたくもない。今、ここに生きている俺がすべてなんだ」

珠樹の必死の訴えもアモンには届かなかったようだ。理解されるどころか、無知で可哀想な子供を見るような眼差しを向けられた。

「お前たち人間も、魂というレベルでは俺たちと同じで永遠の存在なのに、肉体に固執するあまり、いつまでたっても真実を理解できないでいる。そうやって何度も肉体の生き死にを体験して何が楽しい？　短い一生を繰り返して何を得られるというんだ？　俺にはどうしても理解できない」

「そ、そんなの俺にわかるわけないだろ。……でも俺たち人間は命に限りがあるから、一生懸命に生きなきゃって思うし、きっと成長もできるんだよ」

言いながら珠樹は心の中で、そうだよ、と力強く頷いた。命は短い。だから今を精一杯に生きなければと思うんだ。

「どこかで新しい命が誕生したらすごく嬉しいし、誰かが死んだらすごく悲しい。それが大事な人だったら、心が張り裂けそうなほど辛い。限りある命だから尊さがわかるんだ。生きていることが、どれだけ素晴らしいかわかるんだ。そういうことって、多分、永遠の命を持っていたらわからないことだと思う」

「命は尊いというが、人間は平気で他人の命を奪うぞ。犯罪や戦争がいい例だ」

「そりゃ過ちはあるけど、ほとんどの人は命の尊さをわかってる。かけがえのないものだって理解してるよ」

アモンは苛立ったように「もういい」と言い放ち、珠樹の口を手で塞いだ。

「人間はきれい事が好きな、感傷過多な生き物なのはよくわかった」

珠樹はアモンの手を外し、「感傷じゃなくて感情が豊かなんだよ」と言い返した。

「ではその豊かな感情とやらで俺を愛してくれ。お前に愛されないと俺は――」

アモンが急に黙り込んだ。珠樹は気になって「愛されないと、何?」と尋ねたが、アモンは「なんでもない」とはぐらかして身体を起こした。

「……珠樹」

急に低い声で名前を呼ばれ、ドキッとした。

「な、何？」

「お前、まだ誰ともセックスしたことがないんだろう」

唐突な指摘だった。しかもずばり当たっている。珠樹は顔を赤らめながら、「だ、だったら何っ？」と語気を荒げた。

「俺が童貞だとしても、アモンに関係ないだろっ」

「ある。相手に愛情を感じるにはセックスが一番手っ取り早い方法なのに、快楽が怖いと言って泣かれたんだからな。どれだけ子供なんだ」

「ば、馬鹿っ。アモンって最低！」

腹が立ってベッドから降りようとしたら、後ろからグイッと抱きすくめられた。

「あっ」

「怖がらなくていい。今度は前よりずっと優しくする。お前を傷つけたりしないと約束する。だから俺に抱かれろ。死ぬほど気持ちよくしてやる」

耳もとで囁く声は、いつになく柔らかな響きを帯びていた。内容より声の甘さに頬が熱くなった。

「そ、そういう問題じゃないよっ。俺は男とセックスなんてしたくないの。ゲイじゃないんだから当たり前だろ」

暴れてもアモンの腕は腰にがっちりと巻きついていて、ぴくりともしない。逃げられない状況なのに、なぜか怖さより恥ずかしさが上回っていた。

「では俺のこの身体を女性化したらどうだ？　乳房と女性器をつくる。それならその気になるか？」

とんでもないことを言い出したアモンにギョッとした。ごついユージンの身体におっぱいがついたりしたら、怖いというより気持ち悪い。あまりにも不気味すぎる。

「駄目、それ駄目っ」

「なら、お前の身体を女性化して――」

「もっと駄目……っ！」

冗談じゃないと思った。性転換なんてされたら恥ずかしくて生きていけない。

「アモンはどうしていつもそうなんだよ。本当に俺に愛されたいなら、愛されようと少しは努力したらどう？」

「努力は惜しまない。方法があるなら教えてくれ。そのとおりにする」

「……」

ガクッと項垂《うなだ》れたくなった。アモンは人間の色恋がまったくわかってないとアシュトレトも言っていたが、本当に恋愛に鈍いようだ。

だけど、と珠樹は思った。そういうところがなんだか憎めない。不器用さが妙に可愛いと思えてしまう。アモンが自分を誘拐した理由がわかっただけで、問題は何も解決していないのだが、それでもいくらか心情的にすっきりしたせいか、アモンに好意的な気持ちを持つことを、自分自身に許せるようになった気がする。

「珠樹。教えてくれ。どうすればいい？」

よく響く耳に心地いい低音と、頬に触れる熱い吐息のせいで、妙にドキドキしてきた。抱き締められているので、なおさら落ち着かない。

「そ、そんなの俺だってわかんないよ」

「お願いだ、教えてくれ」

必死で言い募るアモンが可哀想になってきた。早く欠片を取り戻したくて仕方がないのだろう。珠樹だって返せるものなら返してやりたい。

「あの、えっと……。あ、そうだ。欠片が目覚めた時、俺は無意識のうちにアモンのことを、受け入れる気持ちになったんだよね？」

「ああ。そうでなければ、欠片は目覚めなかったはずだ」

「愛そうと思うと難しく感じるけど、要はあの時みたいな気持ちになればいいんだろ？　だったら、どうにかなるかも。もちろんアモンの態度次第だけど」

チラッとアモンの顔を見た。アモンは真剣な表情で珠樹を見ている。

「俺はどういう態度でいればいいんだ？」

「俺にああしろこうしろって要求するんじゃなくて、黙って見守っていてほしい。アモンが俺のことを大事に思ってくれているって感じられたら、きっと俺もアモンを大事に思えるようになる。……アモン。愛情って要求するもんじゃないんだよ。相手を知るうち、自然と心の中から湧きだしてくるもんなんだ」

アモンはしばらく黙っていたが、そっと抱擁を解くと「わからない」と呟いた。

「俺は誰かを愛したことがない。だから愛という感情がどういうものか、よく理解できない」

「え？　何千年も生きてきたのに、一度も誰かを愛したことがないの？　悪魔だから？」

「そういうわけではない。俺たちの仲間でも、特定の相手と連れ添う者はいるからな。だが俺は一度も誰も愛してこなかった。愛したいと思ったこともない」

愛を知らないと告白するアモンに、胸がチクッと痛んだ。理屈ではない反射的な感情だった。

「なんだ、その目は？　まさか俺に同情しているのか？　よしてくれ」

珠樹のもの言いたげな視線に気づいたアモンは、急に皮肉めいた笑みを浮かべた。

「でも誰も愛さず誰にも愛されずに、ずっとひとりで生きてきたんだろう？　そんなの寂しいよ」

「俺たちは人間とは違う。誰とも関わりを持たなくても生きていける。だから愛なんてなくても平気だ。寂しいという感情も俺には理解できない」

「寂しいって気持ちも知らないの？　そうなんだ。……でもきっと、アモンにも好きな人ができたらわかるよ。大切な人がそばにいない時、どこかに行ってしまった時、もう二度と会えなくなってしまった時、人は寂しくて泣くんだ。その人に会いたい、その人と一緒にいたいって思いながら、悲しみの涙を流すんだ」

言いながら珠樹は貴代を思い出していた。貴代が亡くなって今もこんなに悲しいのは、貴代が自分をたくさん愛してくれたからだ。尽きない愛情を与えてくれた相手だから、いなくなってしまったことが悲しくてたまらない。

もしかしてアモンが誰も愛してこなかったのは、誰にも愛されたことがないからではないだろうか。愛されたことがなければ、愛し方もわからなくて当然だ。

「アモンは誰かに愛されたことはあるの？」

「――もういい。やっぱり人間は感傷過多だ」

アモンは何がそんなに気に入らないのか、不機嫌な顔つきで立ち上がり、足早に部屋から出て行ってしまった。

6

「エジプトか……」

部屋にはインテリアとして地球儀が置かれている。珠樹はその地球儀を眺めながら、深々と溜め息をついた。意味もなく指先でエジプトの場所をつついてみる。

前世なんて言われても、全然ピンとこない。そういう類《たぐ》いの話にはまったく興味がないどころか、むしろ苦手だった。昔からそうだ。超常現象だとか幽霊だとか、人智《じんち》を超えた世界の話は意識的に避けてきた。

なのに自分の前世にまつわる話を聞かされ、信じるしかなくなった。嘘だと思うのは簡単だが、事実として受け入れたほうが納得がいくし、受け入れなければ前に進めそうにない。

すべての事情がわかったおかげか、以前のようにアモンの勝手を責める心持ちにはならなかった。もちろん完全に許したわけではないが、アモンにも事情があったのだと思うと、一方的な悪者扱いも難しくなった。

でもそれでいいんだよな、と珠樹は自分に言い聞かせた。アモンを恋人のように愛するのは無理でも、思いやりや愛情を向けられたら自分の中にある欠片は再び目覚め、アモンの中に戻っていく可能性がある。そうなれば珠樹も日本に戻れるのだから、こうなったら積極的にアモンを好きになれるよう努力すべきだ。

「よし。アモンと仲良くなろうっ」

うだうだ考えていても仕方がない。気持ちを切り替えるために、珠樹は元気に声を出した。善は急げとばかりに部屋を出て、アモンを探してうろうろしていると、リビングルームで姿を発見した。

秘書のショーンと一緒だった。ふたりはテラスに続く大きな窓の前に立っていた。

「ユージン。もう珠樹を日本に帰してあげてはどうですか。彼が気の毒です」

「帰さない。まだ駄目だ」

ふたりの会話は英語だったが、今の珠樹には全部理解できる。自分のことを話し合っているので、部屋の中に入っていくのが躊躇われた。

「そんなにも珠樹を愛しているんですか？」

珠樹は思わず、いえ、違うんです、ショーンさん、と心の中で答えた。アモンは魂の欠片を取り戻すために自分に執着しているのであって、愛情などまったく持っていないのだが、端から見ればそういうふうに見えてしまうのだろう。珠樹本人も真実を知るまで、厄介な男に惚れられたと思っていたのだから、無理はない。

「教えてください。彼のどこに惹《ひ》かれたんです？　彼の何がそんなにもあなたを惹きつけるんですか？」

アモンは窓の外に目をやるばかりで何も答えない。ショーンは失望したように俯《うつむ》いた。

「……あなたは本当に変わってしまった。今までどんな美女たちと浮き名を流しても、本気になることはなかったのに。私はもうあなたという人が、わからなくなってしまいました」

ショーンは無言を貫くアモンに悲しげな視線を投げかけた。それでも何も言ってくれないアモンに打ちのめされたのか、逃げるように歩きだし、珠樹が立っている場所とは違うドアから出ていってしまった。

「――珠樹。そこにいるんだろ？」

アモンが振り返らずに言い当てた。珠樹はアモンの隣に行き「ごめん」と謝った。

「立ち聞きするつもりじゃなかったんだけど……。あのさ。ピクニックに行かない？」

「ピクニック？」

突然の提案に、アモンは怪訝な顔つきになった。

「うん。何か食べ物でも持って出かけようよ。前に歩いてこの島を見て回った時に、きれいな入り江を見つけたんだ」

「西側の入り江か？」

「うん、そう。あそこに行こう」

機嫌よく誘ってくる珠樹が理解できないのか、アモンは不可解そうな表情を崩さない。

「嫌いな俺と出かけたって楽しくないだろう」

「嫌いじゃないよ。ただ許せなかっただけ。だって誘拐されてきたんだから仕方ないだろ？　でもアモンがこんなことをした理由もわかったし、だったらいつまでも怒っていてもしょうがないって思ったんだ。早く欠片を返せるように俺も努力する。だから、まずは仲直りのピクニック。いいだろ？」

「別に構わないが、仲直りするならセックスしたほうが手っ取り早くないか？」

真顔で聞かれ、出鼻をくじかれた気分だった。


「うわー。きれいだなぁ！」

勾配《こうばい》のきつい斜面を登り切ると、丸く弧を描いた小さな入り江の全貌《ぜんぼう》が見えた。白い砂浜の形はまるで三日月のようだ。青い海とのコントラストの美しさが際立っている。

「本当にきれいな場所だね。感動する」

「前にも来たんだろう？」

アモンは珠樹のはしゃぎぶりを見て、何をそんなに感激することがあるんだという顔つきだった。

確かにここに来るのは二度目だが、前回はどうにかしてこの島から脱出できないだろうかという悲痛な気持ちで散策していたので、この素晴らしい絶景を楽しむゆとりはなかったのだ。

「こんなきれいな場所なんだから、何度来ても感動するよ。サリサリ、喉が渇いただろ？」

椰子の木陰にレジャーシートを広げ、その上に腰を下ろした。持ってきたバスケットの中からミネラルウォーターを取り出し、紙皿に注ぎ入れてやると、サリサリは瞬く間に飲み干し、満足げに珠樹の隣に蹲って大きな欠伸をした。

そんなサリサリを眺めながら、珠樹は炭酸水のペットボトルを取り出して飲んだ。別荘から歩いて三十分ほどの場所で、どこを見渡しても誰もいない。まさに無人島の趣だ。

「アモンも飲む？」

ペットボトルを差し出すとアモンはそれを受け取り、ごくごくと音を立てて飲んだ。額にはうっすら汗がにじんでいる。嚥下《えんか》に合わせて上下する喉仏を眺めながら、本当にこの肉体は実際にはもう死んでいるんだろうかと不思議に思った。

「アシュトレトが死体を維持するのは大変だって言ってたけど、そうなの？」

「生きている人間の身体を操るより、少し面倒だ。……そういえば、まだ答えを聞いていなかったな。俺はこの身体から出ていったほうがいいか？」

アモンはバスケットの中からサンドイッチを取りだし、無造作に噛みついた。アモンはいつも食いっぷりがいい。

「そのことだけど、俺にはやっぱり決められない。アモンのしていることは、すごくいけないことだと思うけど、ユージンが死んだら悲しむ人もいるし……。俺が決めていいことじゃないって気がするんだ。ただの逃げかもしれないけど」

率直に気持ちを伝えるとアモンはこともなげに、「なら、俺に判断を預けろ」と言った。

「お前が悩む必要はない。この身体からいつ出ていくかは俺が決める。それでいいだろう？」

アモンはそう言って、ふたつ目のサンドイッチに手を伸ばした。アモンに委《ゆだ》ねるのは無責任な気がしたが、自分で決められない以上、そうするしかない。

「うん。アモンに任せる。でも約束してほしい。ユージンが大事にしていた人たちのことは、アモンも大事にしてほしい。ユージンの肉体を借りるってことは、ユージンの人生を代わりに生きてるってことでもあるんだ。ユージンに対して感謝と誠意を持ってほしい。……それと、さっきショーンさんと話していただろ？　ショーンさん、ユージンが変わってしまったから悲しんでた。あの人、本当にユージンのことを大切に想っているんだ。だからこれ以上、悲しませないで。あの人の願いを聞いて、いつだって優しくしてあげてほしい」

アモンはあまり気が乗らない様子だったが、「お前がそう言うなら、できるだけ努力する」と答えてくれた。

「ありがとう」

アモンが素直に応じてくれたので珠樹は嬉しくなり、笑顔を向けた。するとアモンは珍しく驚いたような表情になった。

「何？」

「お前のそんな笑顔は初めて見た」

「そ、そう？」

確かに今まではアモンに満面の笑みなど見せたことがなかった。だがこれからは違う。ふたりの関係性を変えていかなくてはいけないのだ。

「これからは、きっといっぱい笑顔を見せられると思うよ。俺、アモンのこと好きになれるように頑張るつもりだから。恋人になるのは無理だけど、友達にはなれると思う」

「友達？」

アモンは途端に難しい顔つきになった。

「友達になってどうするんだ？」

「愛情って何も恋愛感情に限らないだろ。友情でも俺がアモンのことを大切な相手だと思えるようになったら、欠片はまた目覚めると思うんだ」

アモンは納得がいかないのか、眉根を寄せたままだ。明らかに不服の顔つきだった。

「愛情の種類にこだわってる場合じゃないだろ？　とにかく今は仲良くなることが大事なんだから、これからは一緒に過ごす時間をもっと増やそうよ。ね？」

「……まあ、何もしないでいるよりはましか」

不承不承といった口調だったが、同意は得られた。

「そういうこと。愛情っていうのは、一朝一夕に育つもんじゃないからね。いろいろ話し合ったり、同じ体験を重ねたり、そういうことも大事だよ」

諭すように言ったら、アモンが不満たらたらの態度でぼそっと呟いた。

「セックスすれば早いのに」

——まだ言うか、このエロ悪魔……っ。

そう怒鳴りたいのを我慢して、珠樹は聞こえないふりでサリサリの背中を撫でた。

「人間は面倒くさい考え方をする生き物だ」

アモンはサンドイッチをぱくつきながら、「そういえば」と続けた。

「昔に出会った若きファラオの生まれ変わりも、理屈っぽい男だった。修道士だったせいか、神の教えがどうとか、神がお許しにならないとか、俺をくどくどと説教してばかりで参った」

「それって、つまり俺の前世ってことだよね。……ふうん。修道士だったんだ。俺に似てた？」

気になって尋ねた。自分の前世の話だから多少の興味も湧く。

「似てない。顔も性格も違う。あの男は頭が固くて生真面目で、俺が何を言っても自分がファラオの生まれ変わりだと信じなかった。仕方なく俺が奇跡を起こして見せてやったら、今度は悪魔の仕業だと恐れた。まあ、その解釈は間違ってはいないがな」

「修道士にすれば悪魔なんて敵みたいなものだよね？」

「ああ。何度も聖水を浴びせられたし、十字架を突きつけられた。もちろん俺にはすべて無意味だ。俺は許しを請いたい一心で修道士につきまとったが、敬虔な信者だったから悪魔に取り憑《つ》かれたと思い込み、やがて精神が病んで自ら命を絶ってしまった」

淡々とした口調だったが、アモンの声にはわずかに苦々しいものが混じっていた。複雑な気分だった。アモンを責めるのは簡単だ。だがアモンもまた必死だった。早く許されたくて、修道士につきまとうしかなかったのだろう。

「それが一度目？　二度目はどうだったの？」

「似たようなものだ。相手は恐れるばかりで上手くいかなかった。……そう思えば、今回は全然いいほうだ。お前は俺の話を聞いて理解しようとしてくれたし、俺をそれほど怖がっていないからな」

そう言われてみれば、怒ったり嫌ったりはしたけど、アモンを怖いとは思わなかった。抱かれそうになった時はさすがに恐怖を覚えたが、あれは行為に怯えただけだ。

「欠片が目覚めたのも今回が初めてだ。だから、お前には希望を感じている」

アモンの表情は何かが吹っ切れたように、ある種の清々《すがすが》しさが現れていた。そんなアモンを見ていたら、珠樹も前向きな気持ちになれた。欠片さえアモンに返せれば、すべては丸く収まるのだ。

昼食を食べ終えたアモンは、泳いでくると言って海に入ってしまった。アモンは泳ぐのが好きらしい。水泳が好きな悪魔なんて変だと思うが、肉体を持っている時にしか味わえない楽しみがあるのかもしれない。

珠樹はなんとはなしに自分の手のひらを眺め、肉体を持たずに生きるってどんな感じなんだろうと考えた。心だけの存在になるようなものだろうか。そこに目と耳だけがついてる感じ？

「わけわかんない……」

肉体があるから生きていられる珠樹に、想像できるはずもなかった。ひとり木陰に座っていると眠くなってきたので、珠樹はサリサリの隣に横たわって昼寝をすることにした。

どれくらい眠ったのか、目を覚ますといつの間にかアモンが戻ってきていた。裸になった上半身はまだうっすらと濡れている。日に焼けたたくましい肉体は完璧《かんぺき》だった。広い肩幅。厚みのある胸板。盛り上がった大胸筋。削《そ》いだように無駄な贅肉がない腹。こんなにもきれいな肉体が存在することに感動すら覚え、つい目を奪われてしまう。

けれど同性の身体にドキドキしている自分が恥ずかしくなり、珠樹はまた目を閉じて寝たふりをした。今朝もそうだったが、自分は少しアモンのことを意識しすぎだ。一度きりとはいえ、性的な接触を持ってしまったからだろうか。

アモンの口で達したのは事実だが、あれは事故みたいなものだった。珠樹が望んだことではないし、身体の自由を奪われ無理矢理されたことで、抵抗のしようもなかった。

そんなふうに必死で否定すればするほど、どういうわけかあの時に味わった、意識が飛びそうになるほどの強烈な快感を思い出して、ますます焦ってくる。

「珠樹」

アモンに名前を呼ばれたが、なんとなく気まずくて寝たふりを決め込んだ。すると頬のあたりに何かが触れた。アモンの指で頬を撫でられていると気づいた途端、緊張して身体が強張った。

「起きているんだろう？　寝たふりを続けるならキスするぞ」

慌てて飛び起きたら、アモンがしてやったりの表情で笑った。

「やっぱり狸《たぬき》寝入りか」

「べ、別にいいだろ。眠かったんだから」

ぷいっと顔を背けると、サリサリが「どうしたの？」と尋ねるように珠樹の鼻先を舐めてきた。

「こら、くすぐったいよ」

顔を背けてもサリサリが舐めるのをやめないので、珠樹は笑いながら再び地面に倒れ込んだ。

「アモン、助けてっ。サリサリがやめてくれない……っ」

冗談半分で助けを求めたら、アモンはサリサリの頭を指先でトンと軽く突いた。興奮してじゃれついていたサリサリは、急に我に返ったように大人しくなった。

「すごい。どうやったの？　魔法？」

「力を使うまでもない。ただやめろと伝えただけだ」

「ふうん。サリサリとは心が通じ合っているんだね」

アモンは何か言いたげな目つきで、仰向《あおむ》けに横たわった珠樹の顔を上から覗き込んだ。

「何……？」

「サリサリにキスさせたなら、俺にもさせろ」

「はっ？　な、何言ってんだよ。さっきのはキスじゃないだろ。舐められただけで――」

「珠樹。俺とキスするのがそんなに嫌か？」

明らかに拗ねた口調だった。そんなアモンを見たら警戒心が急に解けてしまった。とどのつまり、弱いのだ。子供みたいに拗ねるアモンに。それはもう認めるしかない。

「またサリサリに対抗心を燃やしてるんだ」

「悪いか？　お前がいつもサリサリにだけ優しいからいけないんだ」

真面目な顔でサリサリに嫉妬《しっと》しているアモンが可笑《おか》しくて、珠樹は笑いをこらえきれなかった。どこまで本気なのかわからないが、こういうアモンは本当に可愛すぎる。

「アモン、なんだか子供みたい」

「お前よりずっと長く生きてる」

「知ってるけど、でもやっぱり子供みたいだよ」

アモンがじわじわと顔を近づけてくる。逃げなきゃと思いつつも、底なし沼のようなアモンの深い眼差しに捕らわれてしまい、珠樹は指一本、動かせなかった。一瞬、また変な力を使われているのかと思ったが、そうではなかった。動けないのは自分の心の問題だ。アモンは何もしていない。

ゆっくりと近づいてきた唇は、そっと重なった。壊れ物に触れるような優しい接触だった。珠樹は震える息を吐きながら目を閉じた。どうして拒まないのか自分でもわからない。きっとあまりにもキスが優しすぎたからだろう。

アモンの唇が綿菓子をついばむように、何度も優しく触れてくる。舌を搦《から》めたりしない軽いキスの繰り返しだ。それだけなのに唇がじんじんと熱くなり、息ができないほど胸が熱い何かでいっぱいになる。不思議な高揚感に全身を包まれ、くらくらと目眩までした。

心の底では、いつまでもこの優しいキスを感じていたいと思ったが、その一方で冷静な自分が早く拒めとせき立てていた。続けたい気持ちと終わらせたい気持ちが胸の中でせめぎ合い、もうどうしていいのかわからなくなり、珠樹はゆっくりと目を開いた。

アモンと目が合った。アモンは珠樹の額に落ちた前髪を右手でかき上げ、鼻や頬をすり寄せてきた。その仕草はどこか動物的で、サリサリが喉をゴロゴロと鳴らして甘えてくる時の雰囲気に似ていた。

胸の中に甘酸っぱい何かが広がっていく。同時に絞られるように下腹部がキュンと疼《うず》いた。サリサリを撫でてやるように、アモンのことも撫でてあげたい。両腕で強く抱き締めてあげたい。

――駄目だ、こんなの駄目。

アモンとキスしていることが駄目なのか、アモンにときめいている自分が駄目なのか、もう何がなんだかわからなかったが、珠樹は流されそうになる自分を必死で押しとどめた。

「やめて、アモン……」

顔を背けるとアモンは素直にキスをやめ、ゆっくりと身体を起こした。そのまま何事もなかったように、アモンは海を眺めだした。そっとアモンの横顔を盗み見たが特になんの表情も浮かんでおらず、気分を害したのかどうかはわからない。

これまでだって変な真似をされそうになった時は、遠慮なく必死で嫌がってきたのに、どういうわけか今回だけは、アモンを拒んだことに罪悪感のようなものを覚えてしまい、ちくちくと胸が痛んだ。

「え……？　何、アモン？」

ベッドでサリサリと寝ていたら、突然パジャマ姿のアモンが入ってきた。

「一緒に寝る」

「は？　な、何言ってるのっ？」

驚く珠樹を尻目にアモンはベッドに近づいてきて、手を振ってサリサリを追い払った。サリサリは不服そうだったが素直にベッドを下り、窓際のソファに飛び乗り丸くなった。本当にもう、アモンって横暴なんだから、と文句を言うように尻尾がくねくね動いている。

勝手にベッドに入ってきたアモンに腹が立ち、珠樹は「どういうつもりだよ？」と尋ねた。

「昼間、お前が言ったんじゃないか。一緒に過ごす時間を増やすべきだと」

「……い、言ったけど、だからって別に、一緒に寝ようとまでは言ってないだろ」

「細かいことは気にするな。ただ隣で寝るだけだ。セックスするわけじゃない」

アモンはそう言うと、あっさり珠樹に背中を向けてしまった。本当に下心がないのかわかったものじゃないと、最初は警戒していた珠樹だったが、アモンはずっと背中を向けたままだった。

本当に寝るためだけに来たようだ。自分だけが意識していることに気づき、段々と馬鹿らしくなってきた。

「……悪魔も寝るんだ」

なんとなく自分を無視して寝ているアモンに構いたくなり、珠樹は後ろから後頭部を指でつついた。

アモンは「肉体を持てばな」と短く答えた。

「じゃあ、肉体の中にいる時は、悪魔も人間と変わらないんだ？」

頭をつついても振り返らないので、今度は背中をつついた。するとアモンは面倒そうに寝返りを打ち、珠樹のほうに身体を向けた。

「変わらないんじゃなく、人間の生活に合わせてやっているんだ。力を使えば、飲まず食わず眠らずでも肉体を維持することは可能だが、酷使された肉体は脆《もろ》くなる。だから肉体を健全に維持するためには、当然、食べるし眠りもする」

「ふうん。結構、気をつかってるんだね」

「そうだ。お前たち人間も犬や猫を飼えば、元気で暮らせるようにしっかり世話をするだろう。それと同じだ」

人間をペットに喩えるアモンにムッとなった。

「そういう言い方、嫌い。人間は悪魔のペットじゃないだろ」

「たとえ話だ。……もういいだろう。この肉体は強く睡眠を欲している。邪魔をするな」

話は終わりだと宣言するように、アモンはまた寝返りを打ち珠樹に背中を向けた。しばらくしたら寝息が聞こえてきて、珠樹はなんだよ、それ、と呆れた。別に襲われたいわけではないが、放っておかれるとそれはそれで面白くなかった。

もう一度、頭をつついてやろうかと思ったが、眠っているアモンを起こすのはさすがに気が引け、どうにか我慢した。

アモンは肉体が睡眠を必要としていると言ったが、もしかしたらアモン自身にも休息が必要なのかもしれないと思った。死体を維持するのは大変だとアシュトレトは言っていた。アモンも疲れているのではないだろうか。

眠っているアモンの後ろ姿を見ていたら、胸が苦しくなってきた。どうしてなのかわからないが、無性にもどかしい思いが募ってくる。

不意に昼間のキスを思い出して、珠樹は急にドギマギした。あのキスは、セックスに繋がるキスではなかった。ただのキスだ。だからこそ余計に気になり、意味を考え過ぎてわけがわからなくなる。

アモンに対する感情はいつも揺らいでいて、自分の気持ちなのに把握できなくて苛々する。人の気も知らないで安眠を貪《むさぼ》っているアモンが憎らしくなってきた。アモンの馬鹿、と心の中で文句を言いながら後頭部をにらみつけていたが、次第に眠気が襲ってきて目を開けていられなくなった。

深い眠りの中で珠樹は夢を見た。不思議な夢だった。珠樹は風になり、ありとあらゆる土地を駆け抜けていく。灼熱《しゃくねつ》の砂漠を越え、青い大海原を渡り、見たことのない異国の街々を抜け、緑の森を過ぎ去り、凍てついた雪国を越えていく。まるで地球を覆う気流のように、それはどこまでも止まることなく流れていく。

――どこだ。どこにいる。若きファラオよ。

激しい焦燥感に胸が焼け焦げる。かつて自分の腕の中で息絶えていった少年の面影を思い出すたび、狂おしいほどの悔恨が身のうちを突き上げてくる。

――お前の許しを請うためだけに、俺はさすらい続けている。どこにいる、若きファラオよ。いつになれば俺は許されるのだ。

どれだけ問いかけても答えはない。風になった珠樹は諦めと虚《むな》しさに包まれたまま、ただ流れていく。時代が移ろい、国が滅びようが人々の暮らしが変わろうが、風には関係なかった。ただひとりの魂を探し求めて、延々と広大な世界を孤独に流れていくことしかできない。

恐ろしいまでの孤独。終わりのない漂泊。ただの一時も心に平穏が訪れることはない。

もう嫌だ。こんな寂しい気持ちなんて味わいたくない。

そう思った時、唐突に目が覚めた。風が出てきたのか窓の外で木がざわざわと騒いでいた。時折、びゅーっという強風の音もする。

この風の音を聞きながら眠っていたせいで、あんな夢を見たのだろうかと思った。珠樹は夢の余韻を引《ひ》き摺《ず》り、憂鬱な気分で寝返りを打った。

それにしても嫌な夢だった。悲しすぎて、寂しすぎて、心がからからに渇いて干からびていくようで――。

「どこだ……」

熟睡していると思ったアモンの口から呟きが漏れた。起きていたのかと思ったが違った。寝言だった。アモンは苦しげな表情で呻《うめ》くように、また言葉を発した。

「許してくれ……」

その言葉を聞いた瞬間、珠樹は息を呑んだ。アモンがどういう夢を見ているのか、手に取るようにわかってしまったからだ。自分がさっきまで見ていた夢。あれはアモンが見ていた夢だった。珠樹はアモンの夢を見ていたのだ。

現実的に考えれば他人の夢を一緒に見てしまうなんて、あまりにも馬鹿げた話だ。しかし今の珠樹は現代の科学や常識では説明がつかない存在とずっと一緒にいる。どんな不思議な現象も頭から否定する気にはなれなかった。

苦しそうに眉根を寄せているアモンを見ていたら、強い悲しみがこみ上げてきた。アモンはファラオの生まれ変わりを探し続けてきた長い時間を、なんでもないことのように言ったが、本当は違ったのだ。

あんな苦しい想いをしながら探し続けていた。何かに追い立てられているかのように、ひとときたりとも心は安まらない。後悔と絶望だけを道連れにして、どこまでもどこまでもさまよい続ける、いつ終わるともしれない孤独な旅路。あれがアモンの感じ続けてきた真実だった。

――アモン。もう探さなくていいんだよ？

心の中で囁いた。まだ欠片は返せていないが、ファラオの生まれ変わりである自分はここにいる。

あてもなくさまよい続ける必要は、もうないのだ。

そのことを伝えたい一心で、アモンの手を探してそっと握りしめた。起こさないようにしたつもりだったが、アモンは目を覚ました。

「珠樹……。どうした？」

アモンは珠樹に目を向け、静かに尋ねた。

「何が？　俺はどうもしないよ？」

「泣きそうな顔をしている。悲しい夢でも見たのか？」

いたわるように頬を撫でられ、珠樹はきゅっと唇を噛んだ。そうしないと今にも涙が出そうだった。

「うん。悲しい夢だった。すごく悲しくて、寂しくて辛い……」

泣くのをこらえたせいで顔が歪み、口がへの字になった。アモンは吐息だけで笑い、腕を回して珠樹の肩を抱き寄せた。

「もう大丈夫だ。ただの夢だろう？　早く忘れろ」

そうだ。ただの夢。でもあれはアモンの過去だ。アモンが味わってきた気持ち。だから忘れたくない。ずっと覚えておきたい。

珠樹はアモンの温《ぬく》もりに包まれながら、観念するように思った。自分はアモンに惹かれている。友達として受け入れようと思っていたが、心の奥底では恋愛感情が芽生えていた。認めたくなくて、気づきたくなくて、ときめく気持ちを見て見ぬふりしてきたが、もう駄目だった。

アモンは珠樹の髪に顔を埋め、「風が出てきたな」と呟いた。

「ハリケーンが近づいてきている」


アモンの言葉どおり、翌日から風がいっそう強くなり、夕方には大粒の雨も降ってきた。外に出られないので珠樹は部屋にこもり、一日中、ＤＶＤの映画を観《み》ていた。右にはアモン、左にはサリサリという、両手に花ならぬ左右に悪魔と野獣状態だ。

「この女はなぜ去って行く？　男を愛しているんだろう？」

不倫の恋に溺れた男女が、結局は元の生活を守るために別れを選ぶシーンで、アモンが解せないという口調で口を挟んだ。

「愛していても、別れたほうがいいって決めたからだよ。どっちにも家庭があるから」

「好きなのに我慢して別れるのか？　家庭がそれほど大事か？」

溜め息をつきたい気分だった。痛快なアクション映画だと黙って観ているのに、恋愛映画になると急に質問が増える。アモンは本当に人間の感情の機微に疎い。小学生にものの道理を説いているような気分になって疲れてきた。

「家庭は大事だよ。自分の家族だもん。一番守らなきゃいけない人たちだ」

「だが家庭を捨てて、恋人を選ぶ人間もいるだろう」

「人間の価値観は人それぞれなの。もう邪魔ばっかりしないでよ。集中できないだろ」

怒られたアモンは急にむっつりして、「つまらん」と言い出した。

「自分の部屋でシャワーでも浴びてくる」

「どうぞどうぞ、ご自由に」

珠樹に引き留める気がないとわかると、アモンはこれ見よがしに足を踏み鳴らして部屋を出て行った。

「お前のご主人様、ああいうところは妙に人間臭いよな」

サリサリは「そうだね」と相槌《あいづち》を打つように、尻尾を大きく振った。アモンがいなくなると、自然に深い溜め息がこぼれた。

意識していることをアモンに悟られたくなくて、つい必要以上につんけんした態度を取ってしまい、そういう自分に気疲れしていた。別にアモンに惹かれていることを、必死になって隠さなくてもいいのだが、友達としてつき合っていこうと言った矢先なので、どうにもばつが悪い。

珠樹の気持ちを知ればアモンは喜ぶだろう。喜ばせてやりたいのはやまやまだが、急に恋人同士のような関係になるのが怖かった。次にアモンに迫られたら拒めないかもしれない。いくら好きという感情があっても、やっぱり男同士でセックスするなんて嫌だ。本能的な拒否感が湧く。

しかしアモンを好きだと思っても、特に欠片が活性化したようには感じられなかった。恋心を自覚した程度の好きでは意味がないのか、それとも瞬間的な感情の盛り上がりが必要なのか、珠樹にはさっぱりわからない。

でも一歩、前に進んだのは確かだ。このままアモンへの気持ちを高めていけば、欠片を戻せる日はそう遠くはないだろう。

映画を見終わってもアモンはいっこうに戻ってこなかった。いつまで怒っているんだと呆れながら、珠樹はアモンの様子を窺《うかが》うために部屋へと向かった。

外は雨風が囂々《ごうごう》と吹き荒れている。この辺りをハリケーンが直撃するのは珍しいらしく、昼間、使用人たちは少し落ち着かない様子だった。なんの被害も出なければいいが、こればかりはどうしようもない。

部屋の前に立ちノックしようと手を上げてから、わずかにドアが開いているのに気づいた。その隙間から誰かの声が聞こえてくる。

「ユージン……、ああ……っ、もっと……」

ドキッとした。切羽詰まった男の声。息も絶え絶えで苦しげだったが、それが苦痛のためでないのは、鈍い珠樹にもすぐわかった。男の声は艶っぽく濡れていたからだ。

「いい、ユージン、もっと……来てください……っ。はぁ……んっ」

この声は――。

まさかと思いつつ、珠樹は吸い寄せられるようにドアの隙間から室内を覗き込んだ。予想したとおり、声の主はショーンだった。

ショーンは壁に顔を押し当て、後ろに腰を突き出すような体勢で背中を反らしていた。シャツははだけ、ズボンと下着は膝まで落ちている。そんなしどけない姿のショーンの後ろには、アモンが立っていた。ショーンの腰を摑み、リズムを刻むように自分の腰を前後に突き動かしている。

「ん、あ……っ、ユージン、まだやめないで……、もっと、私を貪ってください……っ」

普段の理知的さが嘘のように、ショーンはひっきりなしに淫らな声を上げ続けている。ひどく興奮しているのか、我を忘れてアモンから与えられる快楽に溺れきっていた。

珠樹は息を止めたまま、そっとその場を離れて自分の部屋に戻った。ベッドに腰を下ろしてからも、まだ心臓が早打ちして痛いほどだった。サリサリが足もとに擦り寄ってきたが、撫でてやる心の余裕などまったくなかった。

アモンとショーンはいつからそういう関係だったのだろう。もしかしたら、アモンがユージンの中に入る前からだろうか？　でも本当のユージンは女好きで、男にはこれっぽっちも興味がなさそうに見えた。ショーンだけが特別だったのか？

頭が混乱していて、ふたりの関係をどう捉《とら》えていいのかわからなかった。わからないが、胸を搔きむしりたいほど嫌だと思った。理屈ではなく本能が拒絶している。

ふたりが抱き合う姿を見た時、全身の毛が総毛立つほどの激しい拒絶感が湧いた。ショックという言葉では、全然足りないほどの衝撃だった。

珠樹はもそもそと布団の中に潜り込み、ぎゅっと目を閉じた。だがふたりの生々しい痴態は瞼の奥にしっかり刻み込まれていて、逆に目を閉じるほど見たくない場面が鮮明に浮かび上がってくる。ショーンの甘ったるい声も、繰り返し繰り返し耳に蘇ってきた。両手で耳を塞いだところで無駄だった。鼓膜が記憶してしまっている。

そんなふうに目を閉じて耳を塞いでいたせいで、アモンが部屋に入ってきたことにまったく気づかず、いきなり布団をめくられてびっくりした。

「……珠樹？」

頭から布団を被って蓑虫《みのむし》みたいに丸くなっている珠樹を見て、アモンは怪訝な表情を浮かべた。

「何をしている？　具合でも悪いのか？」

「わ、悪くない。寝てただけ」

アモンは珠樹の隣に身体を横たえた。今夜も一緒に寝るつもりらしい。アモンのほのかな体温を感じた瞬間、ショーンを抱いた身体だと思うと反射的な拒否感に襲われた。珠樹は咄嗟に寝返りを打ち、アモンを避けるように背中を向けた。

「さっき俺の部屋の前にいただろう。ドアの隙間から、俺とショーンのしていたことを見ていたな」

言い当てられてギクッとしたが、考えれば当然のことだった。アモンはなんでもお見通しの悪魔なのだ。気づかないわけがない。

だが自分が見ていると知っていて、平然とショーンを抱き続けていたのだと思うと、わけがわからないほど悲しくなり、目の前がぼやけてきた。

「ショーンさんは、ユージンの恋人だったの？」

どうにか声を震わさずに言えた。アモンが背後で「いや」と答えた。

「ショーンはユージンをひとりの男として愛していたが、ユージンは家族を思うような感情でショーンを愛していた。ユージンはショーンの気持ちには、まったく気づいていなかったようだ」

「え……？　だったら、なぜあんなことを……」

「お前が昨日、俺に言ったからだ。ショーンの願いを聞いて、優しくしてやれと。あいつの願いはユージンから愛され、求められることだった。だから俺はその願いを叶えてやっただけだ」

「そんな……」

二の句が継げなかった。ふたりがあんなふうになったのは、まさか自分の他愛ない言葉のせいだったなんて。アモンは珠樹の言うとおりにしただけだった。

事実がわかった途端、珠樹の胸には様々な感情が生まれ、それらは一瞬で渦を描いて絡み合い、ぐちゃぐちゃになった。気持ちが激しく混乱して冷静になれない。

アモンに対して、どうしてという思いが噴き出した。珠樹の言葉に従ったというが、それではショーンの気持ちはどうなる？　長年、想いを寄せてきた相手に初めて抱かれ、彼は今どれだけ幸せな気分でいるだろう。

だが実際はもうユージンは死んでいる。ショーンを抱いたのはアモンという名前の悪魔だ。事実を知れば、彼はどんなに深く打ちのめされるかしれない。

アモンはきっと珠樹が喜ぶと思い、ショーンの願いを叶えたのだろう。けれど結果的には珠樹もショーンも傷つける浅はかな行為だった。だからといってアモンを責める気にはなれなかった。自分の言葉に従おうとしたアモンの気持ちまで否定したくはない。

でも苦しい。何もかもすれ違って空回りしている。アモンに怒りたくない。でも責めたい気持ちがこみ上げてくる。アモンを愛《いと》おしいと思う気持ちがあるからこそ、どんどん苦しくなってしまうのだ。

「アモン……。ひとつ聞いてもいい？」

背中を向けたまま尋ねると、アモンは珠樹の髪を弄りながら「なんだ？」と応じた。

「もし俺が欠片を返さないまま死んだら、アモンは俺の生まれ変わりを探すの？　そして見つけたら俺にしたみたいに、自分を愛してくれって迫るの？」

アモンの手の動きが止まった。

「どうしてそんなことを聞く？」

「いいから答えて」

アモンはしばらく黙っていたが、絞り出すような声で「そうなるだろうな」と答えた。わかっていた答えだが、実際に聞くとやるせなくなった。

アモンは愛されたがっているだけで、自分のことを愛しているわけじゃない。ただ許されて魂を取り返したいだけだ。そんなことはわかっているつもりだった。わかっていて惹かれたつもりだった。

でももし自分が死んだら、また自分の生まれ変わりに愛情を求める。その繰り返しなのだと思うと、自分の恋心を踏みにじられたようで悲しくなった。

「……結局、アモンは俺じゃなくてもいいんだね」

「どういう意味だ？　肉体は違っても魂が同じなら、それはお前だ」

「前にも言ったと思うけど、アモンにとっては同じでも俺は違う。俺は今生きているこの身体で、記憶や感情も全部ひっくるめて俺なんだ」

「魂はひとつだ。俺は魂のレベルでお前を見ている。肉体はただの容《い》れ物《もの》に過ぎない」

アモンの答えはいつもぶれない。だからどこまでいっても平行線だ。命や生といったものに対する概念が、あまりにも違いすぎる。

「どうしたんだ、珠樹？　こっちを向け」

強い力で肩を摑まれ、身体を仰向けにされた。珠樹の顔を見たアモンが短く息を呑んだ。

「珠樹……。どうして泣いている？」

「わからない。わからないけど、泣けて泣けてしょうがないんだ。悲しくて悲しくて、心が壊れてしまいそう……」

壊れた蛇口から溢れる水のように、涙は珠樹の目からどんどん流れ出てくる。もう止めようがなかった。

苦しい。辛い。悲しい。気持ちがぐちゃぐちゃで、何が正しいのかさえ、わからなくなってきた。

「……アモン。俺、もう駄目だよ。これ以上、耐えきれない。お願いだから俺を帰して……。日本に帰して……っ」

　泣きじゃくる珠樹を見つめるアモンの瞳は、見たことがないほど悲しげだった。そんな瞳で見つめないでくれと叫びたくなる。悲しいのは俺なのに。苦しいのは俺なのに。好きなのは俺だけなのに。

そんな八つ当たり的感情がこみ上げてくる。

「俺を愛してはくれないのか？　努力すると言ってくれた言葉は嘘だったのか？」

　愛したかった。愛そうと思った。実際、愛し始めていた。

　けど駄目だった。珠樹がアモンに対して持ってしまった感情は、愛ではなく恋だった。恋は愛情とは違う。自分本位で身勝手な感情だ。愛からは遠すぎる。許すどころか時によっては、相手を憎んだり恨んだりしてしまう。

　今もそうだ。心の底を暴けば、ショーンを抱いたアモンが許せないと思っている。身勝手な恋心は、いつか自分を愛さないアモンを憎むようになる。自分の気持ちをわかってくれないアモンを恨むようになる。

　だったら、これ以上、一緒にいても意味がない。辛くなるだけだ。自分を求めるくせに愛してはくれない悪魔に、心を切り刻まれるだけだ。

「ごめん、アモン……。俺、もう無理。そばにはいられない……」

「珠樹……」

　切なげに名前を呼ばれ、耐えられなくなった。珠樹は「お願いっ」と叫んで、アモンの厚い胸を叩いた。

「日本に帰して……っ！　もう嫌なんだ。もう、これ以上……っ」

「そんなに俺が嫌か」

アモンの指先が珠樹の頬に触れた。アモンは涙に濡れた自分の指先をジッと見つめ、何かを観念したような表情で小さく頷いた。

「――わかった。お前を解放してやる」

アモンはそう言うと珠樹の頬を両手で挟み、深く瞳を覗き込んできた。

「できれば記憶を消して、俺のことなど忘れさせてやりたいが、欠片のせいでそれはできない。すまないな。許せ」

「アモ――」

珠樹の言葉を遮るように、アモンの瞳が金色に光った。その瞬間、珠樹は瞬く間に意識を失った。

7

夕食時のことだった。大輔は味噌《みそ》汁をズズッと啜ってから、「ああ、そうだ」と思い出したように顔を上げた。

「俺、明日家に帰るわ。友永からさ、いつまでも居候して、珠樹くんに迷惑かけるなってメールが来たんだ。やっとお怒りが解けたみたいだよ」

はとこの地久里大輔は、先月の終わりから珠樹の家に転がり込んでいた。同居人の友永が大事にしていた雑誌をうっかり廃品回収に出して怒らせてしまい、部屋を追い出されたからだ。

「そうなんだ。よかったね。でも俺は留守番してもらえて助かったよ」

助かったのは留守番だけではない。大雑把で適当な性格の大輔がいると、家の中が驚くほど散らかる。洗濯物も増えるし食事の準備も大変だ。それでも手のかかる大輔が家にいてくれたおかげで、随分と気が紛れたのは事実だった。

日本に帰ってきて、今日で五日目になる。アモンの目が金色に光るのを見た瞬間、珠樹は気を失い、次に意識を取り戻した時にはもう東京の自宅にいた。何事もなかったかのように、自分の布団で寝ていたのだ。マクラード家の自家用ジェットで運ばれたのか、はたまたアモンの特殊な力で瞬間移動したのか、珠樹には知る術もなかった。

大輔は朝になって起きたら家に珠樹がいたので、「いつの間に帰ってきたんだよ？」と驚いていたが、元来の暢気《のんき》な性格のせいか、それともアモンに何らかの精神操作を受けているせいか、「ユージンの別荘は楽しかったか？」と至って気楽な調子だった。

長い間、仕事を休んでしまったので気になっていたが、大輔は自分が連絡しておいたから心配ないと太鼓判を押した。聞けば病院には、遠方に住む親戚が危篤だからしばらく休むと話したという。

それを聞いて頭が痛くなった。親兄弟ならまだしも、親戚の危篤で一週間以上も休むなんて非常識すぎる。

すぐに病院に電話して、長い欠勤を謝罪しなくてはと思ったが、帰ってきて最初の二日間は無気力に支配され、まったく何もできなかった。珠樹は自分の部屋にこもり、何をするでもなく日がなぼんやりと過ごした。

三日目になってようやく重い腰を上げ、仕事に復帰した。清掃員仲間のおばちゃんたちに欠勤の理由を聞かれたが、面倒だから大輔の嘘に乗っかって親戚の危篤話でごまかした。

病院で仕事をしていても、帰ってきて家で何かしていても、考えることといえばアモンのことばかりだった。まさかアモンが自分を解放するとは思わなかった。どういう心境の変化が起きて、珠樹の願いを聞く気になったのだろう。もしかしたら珠樹がごちゃごちゃと面倒くさいことばかり言うものだから、嫌気が差したのかもしれない。

そうやってぐだぐだ考えては、馬鹿じゃないかと自分を責めた。帰してくれと頼んだのは自分で、望んだとおりにやっと元の日常生活に戻れたというのに、何を思い悩むことがあるというんだ。あれ以上、アモンと一緒にいたら、きっと取り返しのつかないことになっていた。だからこれでいい。これでよかったんだ——。

「珠樹？　どうした、ぼーっとして。メシ、全然進んでないじゃないか。具合でも悪いのか？」

大輔の心配そうな声で我に返った珠樹は、「ううん。ちょっと考えごとしてただけ」と慌てて首を振った。

「そうか。だったらいいけど。……お、古代エジプト展があるのか」

テレビのCMを見ながら、大輔が弾んだ声を上げた。近々、古代エジプトのミイラや棺《ひつぎ》、それに装身具などを展示した特別展覧会があるらしい。大輔はオカルトマニアだが歴史マニアでもあり、とりわけ古代文明への関心が強い。

「大ちゃん、アテンっていう神さま知ってる？」

大輔は鯖《さば》の味噌煮を箸《はし》でつつきながら、「ああ。エジプトの太陽神だろ。アトンとも言うな」と答えた。

「太陽神……。じゃあアモンって神さまは？」

「アモンはアメンのことだな。元々はテーベ地方の大気の守護神だったけど、太陽神のラーと一体化してアメン・ラーとなった。古代エジプトで一番長く信仰された神さまだ」

やっぱりマニアだけあってよく知っている。珠樹は質問を続けた。

「でも、アテンを唯一の神として信仰した王さまがいたんでしょ？」

大輔は「おいおい」と目を丸くした。

「急にどうしたんだ？　古代エジプトに興味津々だな」

「うん。興味津々なんだ。だから教えてよ。そういう王さま、いた？」

「ああ、いたよ。お前が言ってるのは第十八王朝の王、アメンホテプ四世のことだろ。世界で初めて一神教を始めた王さまだ。アテン神に傾倒して、後に改名してアクエンアテンと名乗るようになった。結局、宗教改革は失敗に終わったけどな。彼の次の次の王さまのツタンカーメンの時代になると、またアメン・ラー信仰が復活したんだ」

「じ、じゃあ、アメンホテプ四世の次の王さまって誰？」

その王こそがアモンと契約を交わした、若きファラオに違いない。つまりは珠樹の前世だ。

「スメンクカーラーだ」

「スメンクカーラー……。どういう王さまだったの？」

大輔は「それがだなぁ」と顔をしかめた。

「スメンクカーラーって王さまは、遺物があまり残ってなくて謎だらけなんだよ。それにいろんな説もあって説明しづらいな。アメンホテプ四世の娘の夫という説、弟という説、果てはアメンホテプ四世の妻、王妃ネフェルティティの偽名ではないかという女性説、いやいやアメンホテプ四世と同性愛関係にあった恋人ではないかという説、いろいろだ。埋葬のされ方が女性のようだったとか、いろんな理由があってのことだけど、いまだに結論は出てない」

「そう……」

少しがっかりしたが、アモンの教えてくれた内容と一致している部分も確かにある。

「アモンっていう神さまは、今は悪魔と思われているんだよね」

「ん？　ああ、確かにアモンといえば、悪魔学における悪魔の一柱だよな。ソロモン七十二柱の魔神の中で最も強靭《きょうじん》で、デーモンの四十軍団を配下に置き、口から炎を吐くとも言われてる。エジプトのアメン神が原型で、同一視されることもあるみたいだ」

「じゃあアシュトレトは？　アシュトレトも昔は神さまだったけど、今は悪魔なんでしょ？」

「……お前、本当にどうしたの？　古代エジプトの次は悪魔学かよ。オカルト系の話は大の苦手だったくせに」

呆れた顔でまじまじと見られたが、珠樹は気にしなかった。

「いいだろ。興味あるんだから」

「そうか。まあ、いいけどさ。……アシュトレトっていったら、アスタロトのことか？　アスタロトだったら有名な大悪魔だ。お前だって名前くらい聞いたことあるだろう。ルシファーやベルゼブブほどじゃないにしても、悪魔が関係する漫画やアニメには、必ずと言っていいほど出てくる名前だからな」

　そう言われれば、なんとなく聞き覚えのある名前のような気がする。

「そのアスタロトが神さまだった時のこと知ってる？」

「アスタロトの原型は、中東や地中海あたりで崇められた豊穣多産の女神だ。アスタルト、アシュトレト、アースティルティト、アスタルテー、いろんな呼び名がある。旧約聖書やいろんな神話にも登場する女神だよ」

　女神と言われてびっくりしたが、肉体を持たない彼らに正しい性別はないのかもしれないと思った。

「じゃあ、アズライールは？」

「アズライール？　それはちょっと知らないな。悪魔の名前か？」

　珠樹が「多分」と答えると、大輔はしばらく考え込んでいたが、「ちょっと思い出せない」とギブアップした。

「調べればわかると思うけど」

「あ、いいよ。別にそこまでしてくれなくても。……でも悪魔の元を辿れば古代の神さまって、なんか変だよね。人間の勝手っていうか──」

「所変われば品変わるってやつだろ。それにサタンだってもとは天使長のルシファーだ。神も天使も悪魔も、実際は明確な区別なんかつかないさ」

　確かにそうなのかもしれない。アモンも呼び方の違いだと言っていた。だけどそれにしてもひどい話だ。昔は神と崇めていたくせに、時代の流れとともに信仰する者もいなくなり、やがては悪魔に分類されるようになった。

そんな勝手な人間たちを、アモンは憎んだりしなかったのだろうか？　それとも人間など憎む価値もない、どうでもいい存在だったのだろうか？

そんなことはないと思った。どうでもいいと思っていたなら、若きファラオの願いに耳を傾けなかったはずだ。アモンは人間を理解できないとは言っていたが、アシュトレトのように人間を虫けら同然だとは思っていなかった。そんなふうには絶対に見ていなかった。

ふと夢で見たアモンの過去が頭をよぎった。世界をさすらうアモンは悠久の風のようだった。狂おしい孤独に苛まれながらさまよい続け、長い長い、恐ろしく長い旅路の果てに、ようやく珠樹を見つけた。でも今はもう失った。

急に自分のしたことが、ひどい過ちのように思えてきた。自分の心を守るのに必死で、アモンの気持ちまで思いやる余裕がなかった。

――愛なんてなくても平気だ。寂しいという感情も俺には理解できない。

あの言葉が真実だったら悲しい。でも嘘だったとしたらもっと悲しい。アモンという存在は、孤独な魂そのもののようだ。

アモンは今、何をしているんだろう。もしかして、もうユージンの肉体から出ていってしまったのかもしれない。珠樹と接触する必要がなくなった今、人間の肉体は必要ないはずだ。

アモンが肉体を捨て去ってしまったら、きっともう会えない。話すこともできない。見つめ合うことも、触れ合うことも。

むっつりした顔。拗ねる顔。皮肉な顔。困った顔。笑った顔。どれも珠樹の心に焼きついている。実際はユージンの顔だが、表情をつくっていたのはアモンだから、やっぱりアモンの顔だったと思える。どの表情もアモンの心の表れだった。

――サリサリはよくても、俺は駄目なのか？

――お前は俺以外の人間には笑顔を見せるが、俺の前では絶対に笑わない。

――お前には希望を感じている。

アモンの希望を自分が砕いた。絶望の淵《ふち》に叩き落としてしまった。

「た、珠樹…っ？　どうしたんだ？」

「え……？」

大輔がものすごく驚いた表情で見ていた。何をそんなにびっくりしているんだろう。

「何？」

「何、じゃねぇよ。お前、泣きながらメシ食ってるぞ」

言われて初めて気づいた。確かに涙が頬を伝って、顎からポトポトと落ちている。それなのにお茶《ちゃ》碗《わん》を持って箸も握っていた。

「あ……やだな。なんで、俺……泣いて……。別に、俺……。う、ひっ、んぅ……」

突然、感情が大きく高ぶり、堰《せき》を切ったようにいろんな想いが胸の奥から溢れ出してきた。アモンに悪いことをしたという気持ち。やっぱり好きだという気持ち。もう一度、会いたいという気持ち。でも、もう会えないのかもしれないという気持ち。

「やだよ……っ。そんなのいやだ……。ん、くぅ、ひく……っ」

「なんだ、なんだ、どうしたんだ？　何が嫌なんだ？　おい、珠樹、泣くなよ」

大輔が隣にやって来て、泣いている珠樹の頭を自分のほうに抱きかかえた。泣き止《や》まない珠樹に困り果てている。申し訳ないと思ったが涙は止まらないし、かといって事情も打ち明けられない。

「ご、ごめん、大ちゃん……、い、今だけ泣かせて……っ」

「ああ、いいよ。泣け泣け。何があったのか知らないけどさ。悲しい時はいっぱい泣け」

背中をさすってくれる大輔に感謝しながらも、珠樹は今、自分を抱き締めてくれている相手がアモンだったら、この温もりがアモンのものだったらどんなにいいだろうと願わずにはいられなかった。

「寂しくなったら、いつでも電話しろよ。うちにも遊びに来い。友永もお前に会いたがってた」

「うん。ありがとう。友永さんによろしく言っておいて」

明るく微笑んだのに、大きな鞄を肩から提げた大輔は玄関先に立ったまま、心配そうに珠樹を見ている。

「……大丈夫か、お前？」

「大丈夫だよ。昨日はごめん。ちょっと感傷的になっただけ。馬鹿みたいに泣いて恥ずかしいよ」

まだ気がかりそうな大輔に、「ほら、もう行って」と元気に声をかけた。

「俺も仕事に行かなきゃいけないし」

「……わかった。じゃあ、行くぞ。またな」

「うん、また」

ガラガラと引き戸を開けて大輔は帰っていった。笑顔で手を振っていた珠樹だったが、大輔がいなくなってしまうと途端に顔から笑みは消え、まっすぐ伸びていた背筋も丸くなった。

大輔がいてくれた間は無理矢理でも元気なふりができたけど、ひとりきりでは取り繕う気力も湧いてこない。

「仕事、行かなきゃ……」

本当は休みたかった。仕事なんかできる気分じゃない。でも気分で仕事は休めない。珠樹はのろのろと出かける支度を済ませ、仏壇の前で手を合わせた。

「おばあちゃん……。俺、どうしたらいいんだろう。このままでいいのかな？　やっぱりアモンの欠片、返してあげなきゃいけないよね？　でも会うのが怖いんだ。会ったらきっとまた苦しくなる。だけど、このまま会えないのも怖い。どっちも怖くて、どっちも選べない」

写真立ての中で貴代は優しく笑っている。

――珠樹。大事なことは、全部もう教えたはずだよ。どんなに辛くても、自分で考えて自分で決めなさい。

なんとなく、貴代にそう言われている気がした。

「うん、そうだね。情けない孫でごめん」

珠樹はもう一度、手を合わせてから立ち上がった。わかってる。自分の人生だ。誰かに答えを出してもらうわけにはいかない。すべて自分で決めなきゃいけない。

気持ちを奮い立たせて病院に行ってみると、珠樹の今日の分担は最上階の特別フロアの清掃になっていた。ユージンの父親はまだ入院していて、明日が退院予定らしかった。

個室をノックしたら、ものすごくきれいな白人の女性がドアを開けてくれた。三十歳くらいのスタイル抜群のブロンド美人だ。

「あら、お掃除かしら？」

英語だったが、まだアシュトレトの魔法が効いているらしく意味はわかった。珠樹は日本語で「お掃除させていただきます」と掃除道具の入ったカートを示した。

「どうぞ、入ってちょうだい」

一礼して室内に入る。ベッドの上には大柄な白人男性が座っていた。ユージンの父親だ。一目見てわかるほど、ユージンと似ている。携帯電話で誰かと通話している最中だった。

「ああ、そうか。だったらよかった。私も明日には退院できる。やれやれだよ。……ところでリサ、ユージンはどうしてる？」

　ハンディモップで窓枠を掃除していた珠樹は、ユージンの名前が出てきた瞬間、身体をびくっと震わせた。盗み聞きなんてよくないと思いつつも、どうしても聞き耳を立ててしまう。

「ほう、そうなのか。あのどら息子がね。まあ、いつまで続くか見物だな」

　弾んだ声だった。会話の相手は妻のリサらしい。ユージンの父親が電話を切ると、ブロンド美人が「フランク。奥さまはなんですって？」と口を開いた。わずかに苛立った響きを感じ、ぴんときた。この女性はおばちゃんたちが噂していた、ユージンの父親の愛人だろう。

「義父《ちち》の足の具合は心配ないそうだ。それと聞いてくれ、キャシー。ユージンはバハマから戻ってきて、真面目に仕事をしているらしい。周囲も驚くほど優秀に働いているそうだ。リサもまるで別人になったみたいだと喜んでいた」

「本当に？　彼、ここに来たときは、ふてくされたティーンエージャーみたいだったのに、急にどうしちゃったのかしら」

　小馬鹿にした口調。キャシーはユージンが好きじゃない。それだけは理解できた。ユージンも多分、キャシーを嫌っていただろうからお互い様か。

　珠樹は黙々と掃除を終え、病室を出た。その足ですぐさまトイレに飛び込み、一番奥の個室に入ってドアを閉めた。ユージンと初めて会った日、彼がショーンから逃げるために飛び込んだのと同じ個室だ。

便座の上に腰を下ろした珠樹は、思わず両手で顔を押さえた。こみ上げてくる感激に胸が熱くなり、嬉しくて嬉しくて涙までにじんでくる。

アモンはまだユージンの中にいる。しかもユージンのすべきことを、アモンはきちんとこなしているらしい。アモンの本心はわからないが、珠樹にはそれがユージンの肉体を借りていることに対する、アモンなりの誠意のように感じられた。

——ユージンに対して感謝と誠意を持ってほしい。

もしかして珠樹のあの言葉を、アモンは守ってくれているのではないか。そう思うのは都合がよすぎるだろうか。でもそうであってほしいと思う。自分の言葉がアモンの心に届いていたのだと信じたい。

気持ちが落ち着いてからトイレを出た珠樹は、用は足していないがなんとなく手を洗った。

「トイレでめそめそ泣いてる場合か」

すぐ後ろで声がした。びっくりして顔を上げて鏡を見たら、自分の後ろにアシュトレトが立っていた。アシュトレトは高価そうなスーツを着て、不機嫌丸出しの表情で鏡越しに珠樹をにらんでいた。

「ア、アシュトレトっ？　どうして、ここに……っ？」

慌てて振り向いた珠樹に、アシュトレトは「どうして？」と凄《すご》んできた。

「決まってるだろう。お前を連れ戻すために来たんだよ」

「連れ戻す……？　もしかしてアモンに頼まれたの？」

アシュトレトは「違う。俺の一存だ」と吐き捨てるように言った。それを聞いて気持ちがしゅんとなった。アモンは自分に戻ってほしいとは思っていないのだ。

「おいおい、なんだ？　その落ち込んだ顔は。まさかアモンに戻ってきてくれと言ってもらいたいのか？　それは都合がよすぎるだろう。お前が日本に帰してくれって頼んだくせに」

「わ、わかってるよ、そんなの。都合がよすぎるのも自覚してる。でも俺はアモンが好きなんだ。好きな相手には好かれたい。必要とされたい。そう思うのは仕方のないことだろ」

アシュトレトは「はぁ？」とこれみよがしに顔を歪めた。

「お前、アモンが好きなのか？　だったら、どうして解放しろって言ったんだ？」

「だってアモンは俺の中にある欠片が必要なだけで、俺自身は必要としてない。俺に愛してくれって言うけど、俺のことは愛する気がないんだ。アモンのことが好きだって自覚したら、そういうのがすごく辛くなって……。アモンを愛するどころか憎みたくなった。そんなんじゃ、そばにいたって苦しくなるだけだし、欠片なんて到底返せそうにないし――」

「馬鹿か、お前はっ」

頭を容赦なくパシッと叩かれ、「いたっ」と声が出た。

「何すんだよっ。叩くな！」

「叩くさ。お前みたいな鈍感野郎、何度だって叩いてやる。昔の短気な俺なら叩くどころか、一瞬でお前を山羊《やぎ》に変えているところだ。感謝しろ」

なんで山羊と思ったが、アシュトレトが本気で怒っているのは明白だった。何がそんなに気に入らなかったのだろう。

「アモンはお前を必要としている。愛情だって持ってる。お前の目は節穴か？」

親指で瞼をグイッと押し上げられ、珠樹は「やめろよ」と後ずさった。

「どうしてアシュトレトにアモンの気持ちがわかるんだよ」

「わかるさ。長いつき合いだ。だが、つき合いなんかなくてもわかる。日本に帰してくれというお前の願いをあいつは聞き入れたが、それは同時に自分の消滅を受け入れたってことなんだ。あいつはもうすぐこの世から消える。お前たちの言葉で言えば死ぬんだ」

アシュトレトは真剣だった。いつもふざけた態度の男なのに、怖いほど真面目な顔をしている。

「し、死ぬって、どういうこと？　お前たちはエネルギー体なんだろう？　何千年でも生き続けられるんじゃないの？」

「普通はな。だが例外もある。アモンの場合は、自分の魂を分離させたことが間違いだった。魂の一部が欠けたままだと徐々に力が弱まってくる。あいつは強大な力を持っていたから、ここまで持ちこたえてきたが、そろそろ限界だ。多分、近いうちに消滅してしまうだろう」

「消滅……」

アモンが消える？　存在しなくなる？　にわかには受け入れがたい事実だった。

「そうだ。消えるんだ。お前が次にこの世に生まれてくる頃には、あいつはもう存在していない」

「あ」

唐突に思い出した。強引に抱かれそうになった夜のことだ。アモンは「俺には時間がない。一刻も早くお前の心を、魂を得なければ手遅れになるんだ」と言ったが、あれはこういうことだったのだ。

それに最後の夜、もし欠片を返さないまま死んだら、また生まれ変わりを探すのかと尋ねた時、アモンは「そうなるだろうな」と答えたが、返事を口にするまで妙な間があった。アモンはその時には、もう自分はいないとわかっていたのだ。

どうして、と思った。それほどまでに切羽詰まった状況にあったのに、どうして自分を手放したのだろう。

「自分が消えるってわかっていて、アモンはどうして欠片の回収を諦めたの？」

アシュトレトはうんざりしたように大きな溜め息をついた。

「俺に聞かないとわからないのか？　まったく、どこまで鈍いんだ。……あいつはお前を苦しめたくないと思ったんだ。自分と一緒にいることでお前が辛い思いをするなら、もう欠片は取り戻せなくてもいい。自分はこのまま消えても構わない。そう思ったから、お前を日本に帰したんだ」

「嘘……そんなの、嘘だよ……。アモンがそんな……」

「俺だって嘘だと思いたいね。人間ごときにそこまで入れ込むなんて情けない。あいつはお前の愛情を求めているうち、自分の中に芽生えた何かに気づいたんだろう。多分、人が愛とか恋とか呼ぶ類《たぐ》いの感情だ。まったくもって最悪だな」

アシュトレトは眉間にしわを寄せながら毒づいた。

「最悪だが事実は事実だ。あいつはお前をそれほどまでに大事に思っているんだ。いい加減、そのことをわかれ」

アシュトレトの顔がにじんで見えた。勝手に涙が出てきて頬を濡らしていく。

「どうしよう……俺、何も知らなくて……。アモンに、ひどいことしちゃった……。あ、謝りたい。会って謝りたい……っ」

そして、もう一度やり直したい。アモンを心から愛して、すべてを受け入れたい。自分の気持ちなんか二の次でいい。冷たい顔をした優しい悪魔の、何もかもを受け止めたい。

アモンへの想いが胸に溢れ出したその時、珠樹の心臓はドクンと強く脈打った。同時に身体の奥底で火花が散ったように全身が熱くなった。

「う……っ」

「お、おい、どうした？　いきなりなんだ？」

胸を押さえて突然蹲った珠樹に驚いたのか、アシュトレトが珍しく困惑している。

「た、多分、欠片が活性化してるんだと、思う……。前も、こんなふうに、なった……」

「うわ。お前の身体、光ってるぞ！」

珠樹には光なんて見えなかった。もしかしたら悪魔にだけ見える光なのかもしれない。

「アシュトレト……」

珠樹は胸を押さえながら、アシュトレットの手を摑んだ。

「俺、アモンに、会いに行く……。今、ニューヨークに、いるんだよね？　……あ、でも、パスポートがない……どうしよう……」

「そんなもの必要ない。緊急事態だ。俺が一瞬で連れていってやる」

アシュトレットが珠樹の身体を抱きかかえようとした、その時だった。瞬間的にものすごい風圧がかかったような重い衝撃に襲われ、珠樹はアシュトレットもろとも壁に叩きつけられた。

珠樹は頭を打ったせいで朦朧《もうろう》となったが、アシュトレットはすぐさま起き上がり、トイレの入り口に向かって「誰だっ」と声を荒げた。

そこに立っていたのは意外な人物だった。ユージンの父親の愛人のキャシーだ。キャシーはアシュトレトに激しくにらみつけられてもまったく怯まず、ハイヒールをカツカツと鳴らし、トイレの中に入ってきた。

「久しぶりだな、アシュトレト。とはいっても、私はお前をずっと見ていたから、久しぶりという気はしないがな」

表情も口調も、さっき病室で会ったキャシーとは全然違う。別人のようだ。

「見ていただと？　いつからだ、アズライール」

最後の言葉にギョッとして、珠樹は咄嗟にアシュトレットの顔を見た。

「アズライールって、あのアズライール？　昔、アモンを陥れた？」

「そうだ。アモンの天敵だ。アモンを葬ってやりたいと思っているようだが、力では敵《かな》わない。だから卑怯なやり方でアモンの邪魔をしてくる。……その女の中にいつ入り込んだ？　さっき珠樹が病室にいた時には、まだ入っていなかっただろう」

アズライールは美しい女の姿で「つい今しがた」と微笑んだ。

「しばらく前に、アモンが欠片を見つけたのは知っていた。一瞬だったが、欠片の目覚めをはっきりと感じたからな。だがその後、アモンも欠片も気配を消し、完全に見失った。次にニューヨークでアモンを見つけた時、奴はまだ欠片を回収できていなかった。ということは、欠片はまだどこかにある。闇雲に探しても活性化していない欠片は見つけられない。そこでアモンとお前を監視していたんだ。いずれまた欠片を持った人間に接触するだろうと予測して。そしたら、お前はまんまとその人間に会いに行った。礼を言いたいくらいだ、アシュトレト」

「はっ。やめてくれ。お前に礼なんか言われたら鳥肌が立つ。お前ほど憐れな奴はいない。アモンにまったく相手にされていないのに、何千年もしつこく追い回しやがって。知ってるか？　人間はそういう奴を、気持ち悪いストーカーって呼ぶんだ。端から見ればただの馬鹿だ。阿呆《あほう》だ」

「黙れっ。私の恨みはアモンを抹殺するまで晴れない。その邪魔をする者は許さないっ」

キャシーが大きく腕を払った。途端にアシュトレトの身体は俯せの状態で床に倒れ込んだ。必死で抗《あらが》っているようだが、身体はぴくりとも動かない。見えない力で完全にねじ伏せられている。

「くそ、この力はなんだ……？　どうしてお前にこれほどの力が……。おい、まさか、生者の魂を食ったのかっ？」

「ああ、食べた。この何百年かで数え切れないほど食べてやった。おかげで、お前など造作もなく倒せる力を得たぞ」

アシュトレトは苦しげな顔つきで、「この腐れ外道がっ」と叫んだ。

「なんとでも言え。私には肉体と魂を誰よりも上手く分離させる能力がある。それを合理的に活用することを思いついただけだ」

「何が合理的だ！　お前のやってることは禁忌だっ！　魂食いは誰にも許されてないっ」

「私には許されている。でなければ、最初から力は与えられなかったはずだ。……無駄話に興じている暇はない。珠樹といったか。来い」

アズライールが手招くように軽く指を動かした。珠樹の身体は浮かび上がり、アズライールの傍らに瞬時に移動した。

「お前の中にアモンの魂の欠片がある。私が探し続けてきたものだ。ようやく手に入れたぞ……」

アズライールの目が怪しく光った。アモンと同じように金色だったが、珠樹にはどこか邪悪で禍々《まがまが》しい色に見えた。


——どこだろう、ここは。

気がついた時には、見覚えのない部屋のベッドに寝かされていた。窓はあるもののカーテンで覆われていて、外の景色は見えない。室内の様子から察するに、丸太を組み合わせてつくられたログハウスのようだった。火はついていないが立派な暖炉もある。

「気がついたか」

ドアを開けて入ってきたのはキャシーの姿をしたアズライールだった。珠樹はベッドの上で慌てて上体を起こして身構えた。

「その人の身体をどうやって奪ったんだ？　アシュトレトは相手の許可なしじゃ、勝手に肉体を奪えないって言ってたぞ」

「私には奪える。取り引きなどしなくても、中にいる人間の魂など一瞬で追い出せるからな」

「な……っ。じゃあキャシーの魂を無理矢理に追い出して、その身体に入り込んだのか？」

アズライールは冷ややかに珠樹を見下ろし、「それがなんだ？」と目を細めた。

「人の心配をしている場合ではないだろう。お前はこれから私に魂を奪われるんだ。お前の中にある欠片ごと食ってやる。そうすれば私の力はさらに増し、アモンは欠片を取り戻せず消滅する。まさに一石二鳥だ」

楽しげに微笑むアズライールの不気味な顔は、恐ろしい悪魔そのものだった。美人の片鱗《へんりん》もない。中身が変わってしまっただけで、こうも見た目が変わってしまうのかと驚かされる。

「そ、そんなの無理だ……っ。だってアモンが言ってた。人間の魂を奪うには相手の了承が必要だって。俺が同意しなけりゃ、俺の魂は奪えないはずだっ」

「確かにそのとおりだ。お前が死んで魂がその肉体から離れても、事前に契約を交わしていなければ魂は手に入らない。だが私には特殊な力がある。その力を使えば生きた人間の身体から、強引に魂を奪うことができるのだ。生者の魂は肉体から取り出した者が所有できる」

アズライールが何を言っているのか理解できない。生きたまま魂だけを取り出す？　そんなことが可能なのだろうか。

「他の悪魔にはできないのに、どうしてお前にだけはできるんだよ」

「私たち種族にも得意不得意がある。要するに能力差だ。お前たち人間だって個人差や個性というものがあるだろう？　私の場合、人の魂を扱うのに長《た》けていたから、その能力に磨きをかけただけだ」

「魂を奪われたら、俺はどうなるんだよ？」

「魂が抜け出れば肉体は死ぬ。お前のその身体は朽ち果て、魂は俺に食われるから来世もない。要するにお前に訪れるのは絶対的な死だ。……さて、始めるとするか」

アズライールが指をパチンと鳴らすと、次の瞬間、珠樹は違う場所にいた。コンクリートが剝き出しになった、窓もない薄暗い部屋だ。地下室だろうか。四隅に立てられた蠟燭《ろうそく》の火だけが唯一の灯《あか》りだった。

おまけに珠樹はなぜか裸になっていた。一糸まとわぬ姿で立っている。だがそれよりも気になったのは、自分の立っている場所だった。

「な、なんだよ、これ……?」

珠樹がいるのは地下室の中央辺りだったが、足元には奇妙な文字や図形が描かれていたのだ。それらは丸い円で囲まれ、さらにいくつかの直線も引かれている。アズライールは円の外に立って珠樹を眺めていた。

「これって、確か魔法陣ってやつ……?」

珠樹の漏らした独り言に、アズライールが「正しくは魔法円だ」と答えた。

「儀式に必要なものだ。お前はこの魔法円からもう出られない。俺が魂を抜き取るまで、そこでじっとしていろ」

冗談じゃないと思い、珠樹は魔法円の外に飛び出そうとした。ところが一歩踏み出した途端、まるで見えない壁がそこにあるかのように、身体を弾《はじ》き返されてしまった。何度試しても無駄だった。どうしても外に出られない。

アズライールは必死で足掻く珠樹を見て、薄ら笑いを浮かべた。

「暴れても無駄だ。そら、清めの香油だ。たっぷりと浴びろ」

「うわっ」

頭の上から何かが流れ落ちてきた。頭上には天井しかなく、空中から湧いて出たのだ。頭から顔、胸から腹へと伝い落ちていくぬるぬるした液体は、甘い香りのする油だった。

珠樹の全身が油まみれになるのを見届けてから、アズライールは右手に木製の丸いボウルのようなものを持ち、左手でその中のものをすくい上げた。アズライールの指先が赤黒く染まっているのを見て、もしかして血だろうかと思った。一気にオカルトチックになってきて、気持ちが挫《くじ》けそうになる。

「これから儀式を執り行う」

「ぎ、儀式ってなんだよ？　大体、こういうのって、人間が悪魔を呼び出す時に使うもんだろ？」

「魔法円にはエネルギーを整えて純化させる作用がある。お前の魂をよりクリアにして、肉体から分離しやすくしているのだ」

アズライールは奇妙な呪文を唱え始めた。さらに指先についた赤黒い液体を、魔法円のほうに向かって払いながら歩きだす。珠樹はアズライールの動きを追うように、円の中心地点で身体の向きを変え続けた。

五周ほどした時だった。地を這うようなアズライールの不気味な声がいっそう大きくなった。その声に反応したかのように蠟燭の火が急に激しく燃え上がり、大きな火柱が立つ。珠樹は何が起きるのかと身構えた。

アズライールの目が妖《あや》しく光った。珠樹は心臓を刺し貫かれたような痛みを感じ、声もなくその場に崩れ落ちて膝をついた。

「う……くぅ……っ」

胸に深く槍《やり》を差し込まれたうえ、食い込んで抜けなくなったその槍を、思い切り引っ張られているようだった。あまりの痛みと苦しさで気が遠くなる。

「ふん。欠片が抵抗しているようだな。ちょこざいな。今すぐお前の魂も欠片もひとまとめにして、その肉体から引き剝がしてやるっ」

アズライールの声が遠くで聞こえる。珠樹は意識を失いそうになっていた。だが意識を手放せば、きっと魂を奪われてしまうと思った。だから歯を食いしばって痛みに耐えた。苦しみに耐えた。

諦めるわけにはいかない。その一心だった。自分が死ぬことより、欠片をアズライールに奪われることのほうが怖かった。欠片を奪われたらアモンが死んでしまう。

「……やめろ、この欠片は、アモンのものだ……っ」

「いいや、私のものだ！　早くよこせっ」

嫌だ。絶対に渡さない。これはアモンに返すものだ。長い間、自分が持っていたせいで、アモンを苦しめた。もう解放してあげたい。自由にしてやりたい。

「なかなか強情だな。……わかった。取引をしよう。お前の魂は奪わず、欠片だけをいただく。それでどうだ？　そうすればお前は死なないですむ。欠片を与えると言え」

「断る……っ。欠片はお前なんかに渡さないっ」

即答した珠樹を見て、アズライールは怒りに満ちた顔で腕を高く上げた。見えないナイフで斬《き》りつけられたように、珠樹の胸に長い切り傷が走った。瞬く間に血が噴き出してくる。

「う……っ」

「どうだ、痛いだろう？　お前を生かしたまま魂を奪う必要はあるが、死なない程度になら肉体を傷つけても問題はないんだ。素直になるまで、お前を切り刻んでやる」

アズライールがすっと指を振ると、次は頬に激痛が走った。頬の肉がパックリと裂けたのがわかる。あまりの痛みに声も出なかった。

「言え。欠片を与えると。言えば楽になれるんだ。すぐに傷だって治してやろう」

「……嫌だ、言わない。欠片は渡さない……。これはアモンの、ものだ——あっ」

今度は腿《もも》を切り裂かれた。痛みに耐えきれず、珠樹はその場に倒れた。出血がひどくて足もとは血の海だ。普通なら出血多量で倒れてもおかしくないはずなのに、意識ははっきりしていた。アズライールの力のせいだろう。ただ痛みだけが襲ってくる。

こんな痛みは経験したことがない。痛くて痛くて勝手に涙が出てくる。

「泣くほど痛いんだろう？　さあ、言え。言ってしまえ」

ひとこと言えば、この痛みは消える。アズライールにそそのかされ、言葉が喉元まで出かかった。けれどアモンのことを考えたら、やっぱり駄目だと思った。

珠樹は激痛の中で、アモンのことだけを想った。自然とアモンに対する愛情が胸一杯にこみ上げてくる。限りない愛おしさが溢れ出してきて止まらなくなった。

「アモン……アモン……」

——好きだよ、アモン。お前が大好きだ。俺には前世の記憶なんてないけど、そんなのどうでもいい。昔、何があったのかも関係ない。ただ、お前を好きだと思う。それだけなんだ。

お前の孤独な魂を優しく包んであげたい。愛される喜びを味わわせてあげたい。寂しいという気持ちを教えてあげたい。心からそう思う。

だからアモン。消えちゃ駄目だ。死ぬなんて許さない。この欠片は守る。絶対に守ってみせるから——。

「なんだ、この光は……？　欠片のせいか？」

アズライールの戸惑いを含んだ声が耳に届いた。珠樹はなんだろうと思い、気力をかき集めて目を開けた。

「え……？」

何が起きたのかわからず困惑した。自分の身体が眩《まぱゆ》いほどに光っていたのだ。内側から強く発光して、薄暗かった地下室が昼間のように明るくなっている。

「あれ、痛みが……」

いつの間にかすべての苦痛が消え去っていた。その代わり、全身が燃えるように熱い。けれどそれは不快なものではなく、不思議と心地よい熱さだった。

「何が起こった？　欠片の暴走かっ？」

「違う。欠片が最大限に活性化しているだけだ」

アズライールの疑念に答えたのは、突如、魔法円の中に出現したアモンだった。仕事の途中で抜け出してきたと言わんばかりの、一分の隙もないスーツ姿だ。

「おかげで珠樹の居場所がわかった」

「アモン……！　どうやってここに……っ。私の結界を破ったのかっ？」

「アズライール。あまり俺を見くびるな」

吠《ほ》えるように叫んだアズライールとは対照的に、アモンはあくまでも冷静な態度だ。

「昔より力は弱まったが、それでもまだお前より上だ。……珠樹、遅くなってすまない。探すのに少し手間取った」

アモンは呆然と自分を見上げている珠樹を、軽々とその腕に抱き上げた。優しく微笑むアモンがそこにいた。ずるいと思った。こんな時にそんなとびきりの微笑みを見せるなんて反則だ。

珠樹は胸が詰まって何も言えず、夢中でその首に抱きついた。

「アモン……っ」

「怖い思いをさせたな。だがもう大丈夫だ」

「いちゃつくのは後にしろ、アモン」

いつの間に現れたのか、アズライールの背後にアシュトレトが立っていた。不意を突かれたアズライールが慌てて振り返った時にはもう遅かった。アシュトレトの右腕はアズライールの首を摑んでいた。

「さっきの礼だ。遠慮なく受け取れ」

「うぐぁ……っ！」

感電でもしたかのように、アズライールの身体が激しく痙攣《けいれん》し始める。明らかに肉体もダメージを受けているのがわかった。珠樹は反射的に「やめてっ」と叫んでいた。

「その身体を傷つけないでっ。キャシーのものだ！」

「無理だっ。肉体の中に封じ込めたまま攻撃しないと、あっという間に逃げられる。アモン、やれっ！　アズライールをこの肉体ごと消し去れ！　こいつは掟《おきて》を破った。生かしてはおけない」

「駄目！　駄目だよ、アモンっ。キャシーに身体を返してあげて。魂さえ戻せば、彼女はまだ生きられるんだろっ？」

珠樹は必死で懇願した。卑怯なアズライールを許すことはできないが、だからといってなんの罪もないキャシーまで死んでしまうのは間違っている。

「アモンっ、早くしろ！　アズライールが逃げそうだ。俺ひとりじゃ、これ以上は押さえきれないっ」

アシュトレトの叫びに反応して、アモンが動こうとした。珠樹は再び「駄目！」と叫んでアモンの首に強くかじりついた。

「アモン、やめて！　お願いだから……っ」

「珠樹……」

「くそ、もう限界だ……っ」

アシュトレトの忌々しそうな声が響き渡った。その直後、キャシーの身体から黒い流砂のようなものが渦を描いて起《た》ち上がった。それは完全に空中に放出された途端、見えない掃除機に吸い込まれる

ように一瞬で消え去った。

「見ろっ。ぐずぐずしているから逃げられた！」

アシュトレトは舌打ちし、キャシーの首から手を離した。意識のないキャシーの身体は糸の切れた操り人形のように、その場にドサッと崩れ落ちた。

「俺はあいつを追うぞ」

「無駄だ。簡単には見つからない。それより、その女の身体に魂を戻してやってくれ」

アモンに指示されたアシュトレトは、目を剝いて「知るか！」と怒鳴った。

「人間なんてどうでもいいっ。アズライールはまたお前をつけ狙うぞ。絶好のチャンスだったのに、お前は何を考えているんだ！」

「心配ない。アズライールは禁忌を破った。そのことを知らせれば正義面した天使たちが動き出し、奴に裁きを与えるだろう。だから女を頼む。早くしないと魂がその肉体に戻れなくなる」

「アシュトレト、俺からも頼むよ。お願いだからキャシーを助けてあげて」

アモンと珠樹のふたりがかりで懇願され、アシュトレトはうんざりした表情になった。

「ったく、なんなんだよ、お前ら。わかったよ、わかりました。この女を連れて、あの病院に戻ればいいんだろう。で、何が起こったのかわからずに、その辺をうろうろしている女の魂を見つけて身体に戻す。他にご用件は？」

「ない。十分だ。……アシュトレト。いろいろ助かった。お前には心から感謝している」

アモンに真面目に礼を言われ、アシュトレトは「やめろよ。お互いさまだろうが」と苦笑してキャシーの身体を抱き上げた。

「あとはふたりで勝手にやってくれ。じゃあな」

「あ、待って、アシュトレト！」

引き留めた珠樹が気にくわなかったらしく、アシュトレトは「なんだっ？」と眦を吊り上げた。

「あの、俺、仕事の途中で攫われちゃったから、それって職務放棄でやばいんだよね。だからもしできたら、どうにか上手く――」

「わかったよ！　適当に処理しておいてやる。ったく、俺を使いっ走りにするな、人間のガキがっ」

アシュトレトは悪態をつくなりキャシーを抱えたまま、忽然とその場から消えた。

8

「え？　ここってカナダなのっ？」

「ああ。山奥にあるマクラード家の別荘だ。キャシーはユージンの父親と来たことがあるから、アズライールはキャシーの記憶からここの存在を知ったんだろう。冬場は誰も来ない場所だし、お前を連れ込むにはうってつけの場所だ」

「それで外は一面、雪景色なんだ。びっくりしたよ」

アシュトレトが消えたあと、アモンは珠樹の傷を完璧に治してから、バスルームに運んでくれた。血まみれだった身体をきれいにし、バスローブを拝借して部屋に戻ると、アモンが暖炉に火を入れて待っていた。

「寒くないか？」

アモンが暖炉に新しい薪《まき》をくべながら尋ねた。

「平気。もう十分、暖かいよ」

目の前には赤々と燃える暖炉の炎。お尻の下は毛足が長いふかふかの白いムートンラグ。それに隣にはアモンがいる。身も心も暖かくて最高の状況だ。

「アズライール、逃げちゃったけど大丈夫なの？　さっき天使がどうとか言ってたけど」

「天使といっても俺たちと同じ種族だ。人間がそう呼ぶから真似している。俺やアシュトレトは一匹狼《おおかみ》だが、連中は団体行動と秩序と規則が大好きでな。少しでも規則を守らない者は容赦しない。アズライールが生者の魂を食べていたと知れば、血眼《ちまなこ》になって探し始めるだろう。死者の魂は契約さえすれば自分のものにできるが、生きた人間の魂は何人たりとも盗んではいけないという掟があるんだ」

「ふうん。アモンたちの世界もいろいろあるんだね」

悪魔と天使が同じ種族なのは本当だった。人間にも国籍や民族の違いがあるので、似たようなものだろうか。

「……珠樹。本当にすまなかった」

アモンが深刻な顔つきで謝ってきた。

「俺の読みが浅かったせいで、お前を危険な目に遭わせてしまった。まさかアシュトレトがお前に会いに行くとは思いもしなかった。だがあいつを責めないでくれ。俺のためにしたことだ」

「わかってるよ。それより俺……、あの……」

早くこの胸にある気持ちのすべてをさらけ出し、アモンに何もかも伝えたかった。でもどう切り出せばいいのかわからず、言葉が出てこない。

「……珠樹。その、ひとつ教えてくれないか。さっき欠片がひどく活性化したのは、どうしてなんだ？」

　先にアモンが口を開いた。珍しく、言いよどむような口調だった。

「あれはアズライールの攻撃を受けて、欠片がお前を守ろうと対抗したせいなのか？」

「それもあるかもしれないけど、あの時は……」

　珠樹は一度言葉を切り、思い切ってアモンの肩に自分の頭を押し当てた。

「アズライールに魂を奪われそうになった時、俺、心の中で思ったんだ。……アモンが好きだ、大好きだって」

「……本当に？　本当に俺を好きだと思ってくれたのかっ？」

　あの沈着冷静なアモンが驚きを隠そうともせず、珠樹の顔を覗き込もうとした。珠樹は顔を見られるのが恥ずかしくて、慌ててアモンの二の腕に額をぎゅーっと押し当てた。

「た、珠樹？」

「やだ。今、顔見ないで。話ができなくなる。俺、アモンに言わなきゃいけないことがあるんだ。日本に帰してなんて言ってごめん。あの時、アモンがショーンさんを抱いたのがショックだったんだ。はっきり言えば嫉妬した。自分でも気づいてなかったけど、いつの間にかアモンのこと好きになってたみたい。気持ちを自覚したらすごく苦しくなって、これ以上、一緒にはいられないって思ったんだ」

「珠樹、ショーンのことは違うんだ。あれは――」

「いいんだ。わかってる。アモンは俺の頼みを聞いてくれただけで、なんにも悪くない。俺が勝手に傷ついたんだ。……アモンは俺の愛情をほしがるけど、俺のことは愛してない。欠片が大事だから、俺のことも大事にしてくれてるだけだって勝手に決めつけて……。でも違ったんだよね？　アモンも俺のこと、少しは好きでいてくれたんだよね？」

アモンの腕に頬を押し当てたまま返事を待った。アモンはなかなか答えてくれない。段々、不安になってきた。アシュトレトから聞いたことを鵜呑《うの》みにしていたが、もしかしたら違ったのだろうか？　アシュトレトの勘違いだったのかもしれない。

気持ちがどんどん悪い方向に流れていき、もう耐えきれないと思ったその時、アモンがようやく口を開いてくれた。

「そんなわけがないだろう」

溜め息交じりの声だった。珠樹はやっぱり、と泣きそうになった。

「じゃあ、俺のこと少しも好きじゃないの？　これっぽっちも？　全然？」

アモンが「やめろ」と苦笑し、珠樹の鼻を指先で軽くつまんだ。

「そうじゃない。反対だ。少し好きな程度で俺が欠片を諦めると思っているのか？　自分が消滅してしまうのに？　冗談じゃない」

「え、じゃあ……、じゃあ、アモンも俺のこと……？」

勢い込んで尋ねた珠樹の頬を優しく撫で、アモンは小さく頷いた。

「俺もお前と同じだ。日本に帰してくれと泣かれたあの夜、やっと自分の本当の気持ちに気づいた。

俺は愛という感情を知らなかったから、お前に感じていた気持ちがなんなのかよく理解できずにいたが、あの時、ようやくわかった。泣いてるお前を見て、胸が切り裂かれそうに痛み、自然に思った。もう欠片は諦めよう。お前を苦しめるくらいなら、消滅する運命を甘んじて受け入れよう。俺のせいでお前が泣くのは嫌だと」

「アモン……」

安堵と喜びが一気に押し寄せてきて、珠樹はアモンに抱きついた。アモンはぶつかるように身体を寄せてきた珠樹を揺らぐことなく抱き留め、両腕でしっかりと自分の胸に包み込んだ。

「嬉しい、すごく嬉しい……」

「俺もだ、珠樹。お前の言葉は正しかった」

「俺の言葉？」

「ああ。前に俺に教えてくれただろう？　大切な人がいなくなった時、会えなくなってしまった時、人は寂しくて泣くと。――お前がいなくなってから、俺は初めて寂しいという気持ちを実感した。欠片を失った時以上の喪失感を味わっていた。お前に会いたい。そばにいてもらいたい。だがお前をもう苦しめたくない。そんなジレンマに襲われて、一度も心は安まらなかった」

珠樹は胸を熱くしながらアモンの頬を撫でた。自分の心の内を素直にさらけ出してくれるアモンが愛おしかった。

「俺も寂しかったよ。ずっとずっとアモンのことばっかり考えてた。……俺もね、初めてなんだ。こんなにも誰かを好きになったことはない。アモンが初めて」

「光栄だな」

アモンは微笑みを浮かべ、珠樹の額にキスをした。柔らかな唇の感触にも身体が震えてしまう。

「……珠樹。お前に触れてもいいか？」

熱い眼差しがそこにあった。珠樹だけをひたむきに見つめている。アモンが自分を求めてくれていることが、嬉しくてならなかった。以前は欠片のために抱こうとしていたが、今は違う。珠樹自身を欲してくれているのだ。

「いいよ。俺もアモンに触れたい。すごくくっつきたくて仕方がない」

言ってから、くっつきたいってなんだと思った。色気もくそもない。だがアモンは気にならなかったのか、もしくは気にする余裕もなかったのか、真面目な顔で珠樹の身体をゆっくりとムートンの上に押し倒した。

唇が落ちてきて重なった。触れ合うだけの優しいキスだった。それにまるで壊れ物を扱うような手つきで、バスローブの前を広げられる。

「ア、アモン、そういうの、なんだか恥ずかしい……っ」

「そういうのとは、どういうのだ？」

アモンは珠樹の耳のつけ根に柔らかなキスを落としながら尋ねた。くすぐったいような、甘く疼くようなどっちつかずの感覚に顔が熱くなる。

「だ、だから、丁寧すぎるっていうか、優しすぎるっていうか……」

「乱暴に扱われたいのか？　俺は嫌だ。優しく触れたい。以前、強引に扱ってお前を怯えさせた。心から反省しているんだ。すまなかった」

そんなふうに謝られると何も言えなくなる。アモンなりの誠意なら文句を言ってはいけないと思い直し、気恥ずかしさに耐えることにした。

「わかった。もう何も言わないよ。……でもひとつだけ言っていい？　アモンも脱いで」

珠樹はバスローブ一枚なので、前を開かれると全裸に近い格好だが、アモンは背広を脱いだだけのワイシャツ姿だった。自分ひとりが肌を露《あら》わにしていると思うと、どうしても恥ずかしくて逃げ出したくなる。

「脱げというならいくらでも脱ごう」

アモンは苦笑交じりに服を脱ぎ始めた。あっという間に裸になったアモンが、再びのしかかってくる。ふたりの肌がぴったり合わさると溜め息が漏れるほどの心地よさを覚え、珠樹はキスされながら夢中でアモンの背中を抱き締めた。

そんな珠樹の些細《ささい》な動きにも興奮を煽《あお》られたというように、アモンの口づけがいっそう深くなった。舌が激しく絡み合うほど、欲情もどんどん高まっていく。互いの吐息が甘く乱れていく。

珠樹の雄はとうに立ち上がっていたが、アモンも同じだった。アモンが身体を動かすたび、そこも擦《こす》れ合って、珠樹は何度も身体をびくっと震わせた。そんな珠樹の余裕のなさに気づいているくせに、アモンはなかなかそこには触れてくれない。時々、視線を下げては珠樹の張り詰めた雄を眺め、満足そうに他の場所に愛撫を加えるのだ。

「こっちはまだ触ったことがなかったな」

そんな囁きを落とし、アモンは珠樹の左の乳首に舌を這わせた。熱い舌でねっとりと粒を転がされ、からかうように軽く歯で挟まれる。

「んっ」

甘ったるい声が出て自分でもびっくりした。咄嗟に手で口を押さえたが遅かった。

「気持ちいいのか？　乳首は感じるのか？」

至って真面目に聞くものだから、死ぬほど恥ずかしくなった。

「……やだ。そういうこと、聞くなよ」

「聞きたい。お前の感じる場所は全部知りたい」

口早にそう言うとアモンは反対の乳首も舐め始めた。さっきまで舐めていた方は、指の腹で優しくこねながらだ。両方の尖りを同時に愛撫され、珠樹は「ん、んっ」と切羽詰まった声を上げ続けた。

恥ずかしいのに声が止まらない。それにアモンの舌で敏感な先端を弄られると背筋が勝手に仰《の》け反《ぞ》り、まるでもっと愛撫をねだるように動いてしまう。

唾液でぬるついた乳首に、アモンが乳を飲む赤ん坊のように吸いついた。チュク、チュルっと濡れた音が響き、いっそう珠樹を恥ずかしくさせる。

「あん、や……っ、そこ、もう駄目……っ」

駄目と言いながら腰まで揺れてくる。一度揺らすと我慢ができなくなり、珠樹の細い腰は前後左右に、さらに円を描くように揺れ続けた。アモンはそんな珠樹の痴態を愛おしげに見つめ、「乳首だけでそんなふうになるのか」と囁いた。

「だ、だって……っ、わかんない、自分でも、どうしてこんなに……っ、アモン、変な力使っただろう？」

「使ってない。俺は何もしていないぞ」

笑いを含んだ声でアモンが答える。

「も、もうやだ、我慢できない、さ、触って……っ」

耐えきれなくなった珠樹は、アモンの右手を摑んで自分の股間《こかん》へと導いていた。このままだと触れられもせずに達してしまいそうだった。

「こんなに濡らして可愛いな」

アモンが珠樹の勃起《ぼっき》したものをやんわりと摑んだ。率直な感想を口にしているだけなのだろうが、さっきから珠樹の羞恥心をわざと煽るようなことばかり言う。

「ここも舐めたい。いいか？」

「駄目っ」

珠樹は即答した。アモンが「どうして？」と不服そうな表情を浮かべる。

「だって、そんなことされたら、い、一瞬で出ちゃう……」

以前、アモンにフェラチオされた時の快感はすさまじかった。あれを思い出したのだ。

「出てもいいだろう。そのためにしているんだ」

「でも、なんか嫌だよ。俺ばっかりがされて……」

アモンは珠樹の雄を優しく扱《しご》きながら、「では」と耳元に唇を近づけた。

「お前の中に入ってもいいか？　さっきからここがお前を求めてはち切れそうだ」

今度はアモンが珠樹の手を取り、固くなった自分の雄に触れさせた。手のひらに収まりきらない大きなものが、頭をもたげて熱く脈打っていた。触れられたアモンは平然としているのに、触った珠樹のほうが恥ずかしくて顔から火が出そうだった。

「……いいよ。アモンの好きにして」

アモンがしたいなら構わない。なんでもさせてあげたい。そう思って頷いたのだが、そこに積極的な意思がないことに、アモンは気づいたらしい。

「俺はしたいが、お前が少しでも嫌ならしない。正直に言ってくれ」

「嫌じゃないよ。本当に。……でも正直言うと、ちょっと怖い。俺、女じゃないし、そんな、お、大きいの入るのかなって……」

アモンの望むことなら喜んで応じたいのだが、どうしても本能的な怯えが生じてしまうのだ。こればかりは自分の意思とは別の問題だ。

「そうか。やはり怖いか。……珠樹。もし嫌でなかったら、少しだけ力を使ってもいいか？」

「力ってどんな……？」

アモンは「ここを」と言うのと同時に、珠樹の奥まった場所に指で触れた。珠樹のそこがヒクッと反応する。

「少し柔らかくして、痛みを感じないようにする。それだけだ」

珠樹は迷ったが、自分が痛がったらアモンが行為を中止してしまうのは目に見えている。それは嫌だった。アモンにも気持ちよくなってもらいたい。

「いいよ。そうして」

アモンは頷き、珠樹の足を開かせ、ゆっくりと腰を進めてきた。アモンの大きなものがグッと入ってくる。珠樹の緊張を和らげるように、アモンは「大丈夫だ」と優しく微笑んだ。

「無茶はしない。少しでも嫌だと思ったら、そう言ってくれ。すぐやめる」

「アモン……」

無性に感動した。出会った頃は人の気持ちがまったくわからない男、いや悪魔だったのに、今はこんなに細やかな気遣いを示してくれる。愛することを知ったアモンに芽生えた優しさが、泣きたいほど愛おしく思えた。

「あ……、んっ」

アモンの雄がじわじわと内奥まで入ってきた。アモンの力のおかげで圧迫感こそあったものの、恐れていた痛みはない。ただそこがじんじんと熱く疼いていた。

「痛くないか？」

「ん。平気。だから動いていいよ。アモンの感じるまま、感じたいままに動いて……。俺をいっぱい味わってほしい……」

「珠樹……。あまり煽るな。自制できなくなるだろう」

アモンが腰を使って深い抽挿を開始した。力強く中を抉《えぐ》られる。突き上げられるたび、身体の一番深い場所にアモンを感じる。そこからひとつに溶け合いそうな錯覚に包まれ、珠樹は幸せな気持ちになった。

「珠樹……、珠樹……っ」

自分の名前を呼びながら、夢中で求めてくるアモンがたまらなく愛おしかった。もっともっと奥まで迎え入れてあげたいと思う。全部包み込んであげたいと思う。

「アモン、好き……好き……」

勝手に呟きがこぼれていた。胸の中いっぱいに愛情がふくれあがり抱えきれない。その気持ちが言葉になって溢れ出してくる。

「珠樹、俺もだ……俺もお前を愛している」

愛情と欲情が絡み合って、感情と感覚の境目がなくなっていく。肉体と心が完全に一致して、快感は愛情に変わり、愛情は快感をさらに強める。

「アモン、も……くぅ……っ、達《い》っちゃう、駄目……っ、あ――」

ただの射精とは違う激しい絶頂感に見舞われ、珠樹は声にならない叫びを上げた。あまりに深い快感に全身を包まれ、白濁がいつ漏れたのかさえわからなかった。

「珠樹……っ」

快感に身体を震わせている珠樹の中で、アモンも精を放った。痛いほど抱き締められ、アモンも強い快感を味わっているのが伝わってきた。

うなるような声を漏らして自分の中で達したアモンが、愛おしくてならなかった。珠樹は肩で息をしているアモンの背中を力一杯に抱き締め、優しく頭を撫でた。

「――珠樹」

静かに名前を呼ばれ、アモンの頭を撫でながら「何？」と聞き返した。

「これが、この気持ちが愛なんだな」

アモンは顔を上げ、満ち足りた表情で珠樹の頬にキスをした。

「お前たち人間が何度も生を繰り返すのは、何度でも愛を知るためなのかもしれないな」

「アモン……」

愛を知るために生まれてくる。もし本当にそうなら、なんて素敵なんだろうと思った。珠樹はごく自然な気持ちで、今なら欠片を取り出してアモンに返せると思った。何の根拠もなかったが、そう感じたのだ。

胸の真ん中に両手を置いた。心臓のあたりに熱が集まってくるのを感じる。痛みはない。ただ熱を感じるだけだ。それは不思議なほど愛おしい熱だった。

珠樹が手を離すと、胸の一点から光り輝く小さな粒がゆっくりと浮き上がってきた。光の粒は珠樹とアモンの間で制止した。

「欠片だ。どうやって出した……？」

いきなりの欠片の出現に、アモンも驚いていた。

「わかんない。でも自然とできた。アモン、欠片を受け取って。長い間、俺が持っててごめんね」

欠片がアモンのほうに近づいていく。アモンは呆然としていたが、すぐ我に返って欠片を手のひらでそっと握り込んだ。アモンの手の中で欠片はまだ輝き、指の隙間からは光が漏れている。

アモンは欠片を握ったまま動かない。

「アモン？　どうしたの？　早く欠片を自分の中に入れて」

急《せ》かした珠樹に目をやり、アモンは「いや」と首を振った。そして欠片を握った拳《こぶし》を珠樹の胸に押し当てた。

「我が欠片よ。再び珠樹の魂に戻れ。これは契約の証ではなく、我が愛情の印だ。珠樹に危険が及んだ時は我に知らせ、珠樹が願った時も我を呼べ」

「え？　何？　何言って――」

アモンが手を開くと欠片はもうそこになかった。再び珠樹の胸の中に埋め込まれたのだ。欠片はし

ばらく胸の中で輝いていたが、やがて眠りにつくように、すべての光が消えた。

「ど、どうして？　どうしてまた戻しちゃったの？」

「いいんだ。欠片はお前に持っていてほしい。それに欠片もお前の中にいたがっている」

アモンは落ち着き払った態度で微笑んだ。珠樹には何がなんだかわからない。

「だけど、欠片がないとアモンは死んじゃうんでしょ？」

「それが不思議なんだが、さっき地下室で欠片が最大に活性化してから、力がどんどん漲《みなぎ》ってくるのを感じるんだ。魂のパワーがすっかり戻っている。どうやら俺の魂と欠片は、物理的に分離された状態でも今は繋がっているらしい。多分、お前が心の底から俺を愛してくれたからだろう」

アモンのそんな短い説明だけでは、よく理解できなかった。でも欠片が珠樹の中にあってもアモンが死なないのなら、大きな問題ではないと思えた。

「お守りだと思って持っていてくれ。お前に危険が迫れば、欠片が俺に知らせてくれる。そしたら俺はどこにいても、一瞬でお前のそばに行ける」

「わかった。じゃあ、俺が預かっておくね。……クシュ！」

裸のまま喋っていたので身体が冷えてきた。アモンは慌てて珠樹を抱きかかえ、ベッドに運んで布団をかけた。

「風邪を引いたんじゃないのか？　俺の力で治してやる」

「大丈夫だよ、くしゃみしただけ。……アモン、心配性なんだね。それよりアモンも来て。一緒に寝てよ。そしたらすぐ暖かくなる」

アモンはすぐ珠樹の隣に身体を横たえ、温めるように肩を抱いてくれた。

「……そうだ。ひとつ言っておくことがあった」

「何？」

「お前を日本に帰したあと、ユージンの魂と話をした」

仰天して「嘘っ」と言ってしまった。死者と話ができるとは思わなかった。

「そういうのを、得意にしている知り合いがいてな。彼の魂を呼び出してもらった。肉体を借りていることを率直に伝え、できればこのままでいたいと言ったら、えらく怒られた」

「そりゃ、当然だよね……。誰だって怒るよ」

癇癪《かんしゃく》を起こして怒るユージンの姿が、目に浮かぶようだった。もっとも魂に姿があればの話だが。

「だが俺が、お前の家族を大切にし、お前の名誉を守って生活するとしつこく頼んだら、最後は渋々、折れてくれた。このまま肉体を使ってもいいそうだ」

「ほ、本当にユージンがいいって言ったの？　信じられない」

「彼は自分の生き方を深く悔いていた。今、自分が死んだら、リサは自分の育て方が悪かったと自身を責めて生きていくことになる。それが嫌だと言った。だからリサをいたわり、周囲の人たちのことも大事にできるなら、そのまま肉体を使ってもいいと言ってくれた。自分ができなかったことを、本当はすべきだったことをしてほしいそうだ」

「……ユージン、死んでから自分がみんなにどれだけ愛されていたのか、やっとわかったんだね」

普通なら他人に身体を使われるなんて嫌に決まってる。なのにユージンは了承した。それほど後悔が大きかったのだろう。

「俺はユージンに許可をもらったあと、ニューヨークの自宅に行き、ユージン・マクラードとして生活した。仕事に集中し、リサをいたわり、理想的な息子を演じた。あの時は自分がもうすぐ消滅すると思っていたから、残された時間はユージンとして生きようと思っていた。それがユージンにできる恩返しだと思ってな。だが予想が外れた。俺はまだ生きられるらしい。……珠樹はユージンの身体を借りたままの俺でもいいか？」

「うん。ユージンが許可してくれたなら、なんの問題もないよ。ユージンの分もその身体で生きて、みんなに尊敬されて愛されるユージンになって。死んでしまった本当のユージンのためにも」

アモンは珠樹を抱き寄せ、「わかった」と額にキスをした。

「それからショーンのことだが、あれは一度きりのことだった。そういう約束で関係を持ったんだ」

言いづらそうだったが、アモンはどうしてあの夜、関係を持つことになったのかを教えてくれた。

ショーンはずっとユージンを好きだったが、ユージンが珠樹を好きになったと思い込み、気持ちに区切りをつけたくなった。その方法として、最後に一度だけ抱いてほしいと頼んできたらしい。

アモンは珠樹からショーンの願いを聞いてやれと言われていたこともあり、仕方なく応じた。だから関係はあれ一度きりで、ショーンは翌日からはもう個人的感情は見せず、完璧な秘書の姿に戻り、今に至っているそうだ。

「彼は強い男だ。今は新しい恋を探そうと前向きになっている」

心を読めるアモンがそう言うのなら、確かにショーンは前に進もうとしているのだろう。いきなり現れた珠樹にユージンを奪われ、内心では嫉妬しただろうに、彼は一度も珠樹に冷たく当たらなかった。あらためて誇り高い人だと思った。

「それと、もうひとつ。この際だから打ち明けておく」

打ち明けるということは、何かを黙っていた、もしくは騙していたということだ。急に不安になってきた。

「何……？」

「サリサリのことだ」

「あ！　サリサリ、元気にしてるっ？　まだ島にいるの？　会いたいな」

「いや、ニューヨークの家に連れて帰った。……あれはサリサリじゃないんだ」

アモンは重大な秘密を打ち明けるように、神妙な態度で言った。

「サリサリじゃないって、何が？　本当は違う名前なの？」

「いや、サリサリはサリサリだ。俺が言いたいのは、その、お前が夜、ベッドで一緒に寝ていたのは、サリサリじゃなくて俺だったということだ」

「……？」

意味がわからない。まったくもってわからない。

「どういうこと？　アモン、黒豹に変身できるの？」

「しようと思えばできるが、そうじゃない。サリサリの中に入っていたんだ。俺が」

「つまり、サリサリの身体を借りていたってことっ？　そんなことまでできるのっ？　すごい！」

純粋な驚きだった。動物の中にまで入れるなんてすごい。

「怒ってないのか？　サリサリのふりをして、いや身体はサリサリだったが、お前のベッドに忍び込んでいたんだ」

夜這いをしたわけでもないのに、アモンはやけに心が咎《とが》めているようだった。

「別に怒ってないよ。っていうか、アモン、そんなこと気にしてたんだ。……あ、だからっ？　もしかして俺の涙を舐めた時のあれも、実はアモンだったの？」

「そうだ。お前をひどく泣かせてしまい、様子が気になった。だからサリサリの身体を借りて、部屋に戻ったんだ。まだお前が泣いているから、泣き止んでほしくて涙を舐めた。お前はサリサリだと警戒しないし、むしろそばに行くと喜んでくれるから、つい毎晩のようにベッドに行ってしまった。もちろん夜だけだ。朝には元のサリサリに戻っていたぞ」

言い訳するようにつけ足すアモンが、可愛くてしょうがなかった。サリサリにはすごく慰められたけど、半分くらいはアモンだったのだ。

本当は最初から珠樹のことを気にかけてくれていた。そのことを知り、ますますアモンが好きになった。アモンは冷たいのではなく、不器用なだけだった。

「ところで日本とアメリカで、俺たちどうやってつき合っていくの？　すごい遠距離恋愛だよ。ちょっと不安になる」

珠樹の質問がよほど可笑しかったのか、アモンが珍しく声を出して笑った。

「な、なんで笑うんだよ。俺、そんなに変なこと言ったっ？」

「言った。お前は本当に面白いな。悪魔を恋人にすることより、遠距離恋愛のほうが心配か。ははは」

そう言われたら確かにと思った。心配する点を間違えたかもしれない。

アモンはまだ笑っている。笑いながら珠樹を強く強く抱き締めた。

「俺はニューヨークにいても、一瞬でお前の部屋に移動できるんだぞ。なのに何が心配だ？　毎晩でもお前の家に行って、一緒に眠れるというのに」

そうだった。アモンにはいつだって会える。会いたい気持ちさえあれば、どんなに遠く離れていても会えるだろう。

これからもふたりは、繰り返し繰り返し出会うはずだ。

この命が続く限り。この愛が続く限り。

悠久の風に、互いの熱い想いを乗せて――。

ニューヨークの休日

1

「珠樹《たまき》。もういいか？」

アモンの問いかけに一度は「うん」と頷いた羽根《はね》珠樹だったが、急に戸締まりが心配になってきた。

「ごめん、ちょっと待ってっ」

慌てて居間の窓に駆け寄り、鍵《かぎ》がかかっているのか確かめる。

「よかった。鍵、かかってた。玄関の鍵は大丈夫だったかな？」

「さっき見に行っただろ」

「そ、そうだったっけ。あ、ガスの元栓は――」

「それも確認した。三回もな」

アモンは呆《あき》れた顔つきで珠樹を見下ろした。最近はスーツ姿しか見ていないが、今日のアモンはジーンズにセーターという軽装だ。ビシッとスーツを着こなしたアモンは大人の男の魅力が溢《あふ》れて格好いいが、普段着姿もまた違った魅力があっていい。

いけない。今は見とれている場合じゃない。ダッフルコート姿の珠樹は「だって」と言い訳した。

「今からアメリカに行くんだよ？　そんなに遠くに行くんだから心配にもなるって。俺《おれ》、旅行なんて高校の修学旅行以来だし」

「旅行ってほどのものでもないだろう。一晩向こうに泊まってくるだけだ」

「そうだけど――あ、一番大事なことを忘れてた！」

珠樹は小走りに仏壇《ぶつだん》の前に行き、ちょこんと座ってお鈴をチーンと鳴らしてから両手を合わせた。

「おばあちゃん。俺、今からアモンと一緒にニューヨークに行ってくるね。初めての海外旅行で不安だけど、アモンが一緒だから大丈夫。心配しないで。無事に帰ってこられるよう、見守っていてください。じゃあ、行ってきます」

写真立ての中で祖母の貴代《きよ》はニコニコと微笑《ほほ》んでいる。楽しんでくるんだよ、と言われているみたいな気がして、あれこれ心配していた気持ちがスッと消え去った。

「うん、これで準備は万端。行こう、アモン」

アモンのそばに戻った珠樹は、少し迷ってから「身体《からだ》に掴《つか》まってもいい？」と尋ねた。アモンは真《ま》面目《じめ》くさった顔つきで珠樹を見下ろした。

「構わないが、別に空を飛んでいくわけじゃないから、お前をどこかに落としたりはしないぞ」

「わ、わかってるよ。でもなんとなく不安なんだ」

アモンは「だったらこうしよう」と言って、長い両腕で珠樹を抱き締めた。小柄な珠樹はアモンの広い胸の中にすっぽりと収まってしまう。

「これで安心か？」

耳もとで響く優しい声にどぎまぎしてしまう。恋人同士になって約半月。毎日のように会っていても、戸惑いや恥ずかしさはまだ有り余るほどある。

「う、うん。ありがとう。……アモン。もう行ってもいいよ」

「わかった。今から移動する」

ギュッと目を閉じてアモンの胸にしがみつく。大きく息を吸い込んでから呼吸を止めようとしたら、その前にアモンの声が耳に届いた。

「着いたぞ」

「へ？　も、もう……？」

驚いて目を開けたら、そこはすでに珠樹の家の中ではなかった。アモンの背後には真っ白な壁があり、不思議な幾何学模様の絵が掛けられている。

大きな窓の外は明るい。東京は夜中だったのに、こっちはもう昼だ。

「……あ、電気消してくるの忘れた！」

「俺が消しておいた。抜かりはないから、もう家のことは心配するな」

頭をポンポンと軽く叩《たた》かれた。心配性な自分がちょっと恥ずかしい。

「前もそうだったけど、本当に一瞬なんだね」

カナダの別荘から戻ってくる際もアモンに連れて帰ってもらったが、二度目でもまだ信じられない気持ちになる。東京からニューヨークへの移動が一秒もかからないなんて夢のようだ。だけど悪魔のアモンにとっては瞬間移動さえ、瞬《まばた》き一つほどのことでしかない。

晴れて恋人同士となったふたりだったが、東京とニューヨークでは十四時間の時差があるので、どうしても生活のずれが生じてしまい、思ったほどふたりきりの時間を過ごしていなかった。たとえば朝、珠樹が起きた時、ニューヨークのアモンは夕方の五時でまだ仕事をしているし、珠樹が仕事を終えて帰宅する頃《ころ》、アモンはベッドの中、という案配だ。

珠樹の夕食時、アモンが早起きして朝食を食べに来ることで、一日に最低一度はふたりで過ごす時間を持てているが、夜の十時頃になるとアモンは会社に行くためいなくなる。時差の馬鹿《ばか》、と恨めしく思いながら、珠樹はひとり寂しく布団に入るのだ。

ユージンはマクラード家が経営する企業で社長をしていて、アモンはその仕事を引き継いだ。ユージンは名ばかりの社長で仕事は部下に任せきりだったが、アモンはユージンの後悔を汲《く》んで、きちんと社長業をこなしている。

悪魔にビジネスなんてできるのだろうかと不思議に思ったが、アモンの友人の悪魔、アシュトレトは「人間にできることで悪魔にできないことはない」と鼻先で笑っていたので、きっとアモンは問題なく優秀な社長として、日々、忙しく働いているのだろう。

「ここはマンハッタン？」

「ああ、そうだ。アッパーイーストサイドにあるコンドミニアムの最上階で、ユージンがひとりで使っている。ユージンの実家はスカーズデールという場所にあって、週末はいつも向こうに帰って過ごすようにしている」

実家には母親のリサや祖父が暮らしているそうだから、アモンはできるだけユージンの家族と過ごすようにしているのだろう。身体を貸してくれたユージンへの感謝を、ちゃんと行動で示しているアモンを誇らしく思った。

「すごい部屋だね。さすがはお金持ちだ」

学校の教室がふたつくらいは入りそうな広いＬＤＫだった。床や壁は真っ白でソファやテーブルは黒。全体にモノトーンで統一されたインテリアは都会的な雰囲気でお洒落《しゃれ》だが、あまりにハイセンスすぎてモデルルームに紛れ込んでしまったようで落ち着かない。

「うわぁ。すごい眺め……っ」

窓の外には素晴《すば》らしい光景が広がっていた。眼下に広がるのは摩天楼と広大な公園。圧巻の景色に珠樹は息を呑《の》んだ。

「あれってもしかして、セントラルパーク？」

「ああ。あとで散歩してみるか？」

「うん、したいしたい！」

即答した珠樹を見て、アモンはなぜか嬉《うれ》しそうに微笑んだ。

「な、何？　なんで笑うの？　俺、なんか変なこと言った？」

「可愛《かわい》くて笑ったんだ。はしゃぐ珠樹は格別に可愛い」

アモンが目を細めながら珠樹の頬《ほお》を撫《な》でた。思わず顔が熱くなる。アモンは日に日に人間らしくなっていくようだ。ちょっとした表情や仕草もそうだが、何よりよく微笑むようになった。そして甘い言葉をすらすらと口にするようにもなった。朴念仁だった以前とは大違いで、その変化には戸惑ってしまうほどだ。

「アモン、口が上手《うま》くなったよね」

照れ隠しで憎まれ口を叩いてしまった。

「俺はお世辞など言わん」

アモンはムッとした顔つきになり、珠樹を後ろから抱き締めた。

「俺はお前が好きだ。お前が可愛い。お前が愛《いと》しい。だからお前を見ていると幸せな気持ちになる。そういう時は自然に言葉が出てくるんだ。お前はそれを嘘《うそ》の言葉だと思うのか？」

「ち、違うよ、違うっ。嘘だなんて思ってないっ。……ごめん、そうじゃないんだ。ちょっと恥ずかしかったから冗談で言っただけ。アモンが口先だけの言葉なんて言わないことは、俺だってよくわかってる」

アモンは珠樹をギュッと抱き締め、「なぜ恥ずかしがる？」と囁《ささや》いた。

「俺が心からの言葉を口にするたび、珠樹は恥ずかしがってすぐはぐらかそうとする。だったら俺はこの胸に湧《わ》き起こる気持ちを、言葉にしないほうがいいのか？」

アモンが何も言ってくれなくなったら、それはそれで寂しい。だから珠樹は「駄目」と首を振った。

「しょっちゅうは困るけど、まったく甘い言葉がないのも嫌だよ。ほどほどがいい」

アモンは「ほどほど……」と呟《つぶや》いたきり黙り込んでしまった。悩んでいる気配を感じる。悪魔に空気を読めと注文するのも可哀想《かわいそう》な気がしてきた。

「ごめんごめん。そんなこと言われても難しいよね。いいよ、もう気にしないで。何か言いたくなったら、なんでも口にしてくれていいから。恥ずかしくても我慢する。アモンに我慢させるより、ずっといいよ。だって俺の我慢は幸せな我慢だから」

「そうなのか？　俺にはよくわからんが、お前がそう言うならそうしよう」

「うん。そうして」

にっこり笑ってアモンを見上げると、額に優しくキスされた。なんか俺たちってかなりのバカップルかも、と思ったが、もう開き直ることにした。種族を超えた恋愛でも恋は恋だ。珠樹もアモンも恋のまっただ中にいるのだから、こうして一緒にいると気分が盛り上がってくるのは当然だろう。

ほぼ毎日会っているけれど、それはわずかな時間だ。今回は休日が一致したので、珠樹がアモンの暮らしぶりを見にいくことになり、明日までずっと一緒にいられる。恋人同士になってから、こんなに長い時間をアモンと過ごせるのは初めてのことで、どうしたって気持ちは弾んでしまう。

「ところで、ショーンとダンはいないの？」

「休日だからな」

「ふうん。でも休みの日でもアモンの警護は必要じゃないの？」

ふたりはこれからマンハッタンを散策して、そのあと車でユージンの実家に向かう。アモンが次の休日は珠樹と過ごすと話したら、リサが「私も珠樹に会いたいわ。うちに連れていらっしゃいよ」と言ってくれたらしく、夕食をご馳走《ちそう》になって泊まることになったのだ。

一日中、家の中にいるならボディーガードは必要ないが、出歩くとなればダンも職務上、同行する必要があるのではないだろうか。

「それはそうなんだが、実際問題、俺に警護なんてものはいらない。そうだろう？」

アモンは少し言いづらそうに口を開き、窓の外に目を向けた。

「まあ、そうだね。アモンに危害を加えられる人間なんていないだろうし」

「ああ。しかし彼の仕事を奪うわけにもいかないから、運転手兼ボディーガードとして今も働いてもらっている。ただいつも一緒にいられると息がつまる。だから休日だけは警護を断っているんだ」

「それってショーンやダンは納得しているの？」

アモンは一瞬黙り込んでから、「させた」と答えた。

「させた？　ってことは、力を使ったんだ」

「そういうことになるな。……怒ったか？」

珠樹の機嫌を伺うようにアモンが言う。

珠樹はわざと黙り込んだ。警護を窮屈に思う気持ちもよく理解できるので、本当のところは怒っていなかったが、アモンにはできるだけ人の心を操作する力は使わないでほしいと頼んであった。だからここは態度だけでも、不満を表明しておく必要がある。

「怒らないでくれ。俺もかなり我慢したんだ。俺は人間として暮らすことにあまり慣れていない。肉体を持って暮らすのは、たまになら刺激もあって面白《おもしろ》いが、毎日だと不自由で面倒《めんどう》で疲れる。誰《だれ》の干渉も監視も受けずに過ごす時間も必要なんだ」

アモンの訴えを聞いて、今さらながらに同情心が湧いた。アモンたちにとって肉体を持った生活は、かなり窮屈な状態らしい。

考えてみれば普段は空気みたいな存在なのだから、当然といえば当然の話かもしれない。珠樹だって毎日着ぐるみを着て生活しろと言われたら、ストレスでどうにかなってしまうだろう。

「そっか。アモンも大変なんだね」

珠樹が理解を示すと、アモンは目に見えてホッとした表情になった。

ちょっと申し訳ない気持ちになった。不自由な暮らしを我慢しているのは、ひとえに珠樹のためだ。本来、自由な風のような存在であるアモンにとって、人間として生きる日々の営みはきっと煩わしいことばかりだろう。それでも我慢してユージン・マクラードとして人間社会の中で暮らしているのは、珠樹がそれを望んでいるからだ。

アモンの努力や苦労を思えば、本当はこれくらいのことで文句を言いたくなかったが、人の心を操るような真似《まね》は極力してほしくない。だから心を鬼にして注意することにした。

「アモンの気持ちもわかるよ。でもユージンを大切に想《おも》っている人たちの心を操作するのは、やっぱりよくないと思う。できるだけ話し合って、言葉で相手を説得させてね」

話し合いで相手を説得させるのは、口下手なアモンには難しいだろう。だがアモンは頷《うなず》いてくれた。

「わかった。努力する。だから俺を嫌うな」

不安そうに言うから、可愛くて笑ってしまった。アモンのこういうところが愛おしくてならない。

恋人は悪魔だなんて普通じゃないけど、珠樹はアモンを選んだことを後悔していない。アモンは世界中の誰よりも、自分のことを一番深く愛してくれている。

多少、理解が追いつかないところもあるし、まだまだ謎《なぞ》に感じる部分もあるが、愛し合うふたりにとって、それは些細《ささい》な問題だ。アモンといればいつだって幸せを感じられる。

2

「寒い……」

珠樹は枯れた木立の中を歩きながら、亀《かめ》が甲羅の中に頭を引っ込めるように、首をすくめて縮こまった。吐く息が真っ白だ。

「ニューヨークの冬って厳しいんだね。湖なんか完全に凍っちゃってるし」

セントラルパークの中を散歩し始めたのはいいが、あまりに寒くて景色を楽しむどころではなかった。耳も痛いし鼻も痛い。お天気はいいが、気温はきっと氷点下に近いだろう。

「大寒波が来ると凍死者が多く出る街だからな。まだ雪が積もっていないだけましだ。……鼻が真っ赤だぞ。寒くないようにしてやろうか？」

力を使って、という意味だろう。一瞬、心が揺れたが、珠樹は「大丈夫」と首を振った。

「アモンの力に頼ってばっかりはよくないし」

「お前はよくそう言うが、俺にはどうもその考え方がよくわからない。こうやって俺の力でニューヨークに来ているのに、今さらではないのか？」

不思議そうに聞かれて返事に困った。確かに珠樹の言動には一貫性がなく、アモンが疑問に思うのも当然だ。正直言って珠樹自身、アモンの力に頼る基準みたいなものが曖昧《あいまい》で、よく迷ってしまう。

「それはそうなんだけど……。なんて言うか、なんでもかんでも魔法に甘えちゃうのって、ずるしてるみたいで嫌なんだ。自分でできることは自分でするべきだし、我慢できることは我慢するべきだと思うんだ」

アモンはよく理解できないのか、不可解そうな顔つきをしている。

「まあ、お前がそうしたいと言うなら俺は構わんが」

「……ごめんね。これってきっと俺の勝手な我《わ》が儘《まま》なんだ」

魔法だから話がややこしくなるのかもしれない。もしアモンが普通の人間で、ただのお金持ちだったとして、アメリカへの飛行機代を出すから会いに来てほしいと言われたら、お金のない珠樹は遠慮しつつもアモンに会いたいから、その言葉に甘えるかもしれない。

でも寒いからといって、いきなり高価なコートをプレゼントしてやると言われても、それは頷けない。相手がお金持ちだから甘えて、なんでも買ってもらうのは違うと思うのだ。そういう気持ちは結局、珠樹の個人的な判断基準だから、それをアモンに理解してもらうのは難しい。

「気にするな。俺はお前のためにいろいろしてやりたいが、それはお前に喜んでほしいからだ。望まないことはしたくない。……でもこれならいいだろう？」

そう言ってアモンは珠樹の手を摑み、自分のコートのポケットに入れた。ポケットの中でアモンの指先がしっかりと絡んでくる。いわゆる恋人繋《つな》ぎというやつだ。

「だ、誰かに見られたら変に思われない？」

「気にするな。この街では男同士のカップルなんて珍しくもない」

アモンはそう言うが、人とすれ違うたび顔から火が出そうになる。でも確かに珠樹がアモンのコートに手を入れていようが、誰もまったく見向きもしなかった。

「……ありがとう。すごく温かい」

幸せな気分で寄り添って歩いていたが、寒さに耐えきれなくなり、散歩は三十分ほどで切り上げた。アモンと暖かくなったらまた来ようと約束し、道端で売っていたホットドッグとコーヒーをテイクアウトし、コンドミニアムに戻った。

部屋には戻らず地下の駐車場でユージンの車に乗り込み、車の中でホットドッグを食べた。ユージンの車はフェラーリの赤いスポーツカーだった。実家には他《ほか》にもポルシェ、ランボルギーニ、マセラティなどの高級車を何台も置いてあるらしい。さすがはマクラード家のお坊ちゃんだけある。

車はハドソン川沿いを北上して走り続けた。高いビルが減り、代わりに緑が増えてきて、どんどん郊外に向かっていくのがわかる。アモンはどうやら車の運転が好きらしく、ハンドルを握るのが楽しそうだった。

小一時間ほどでユージンの実家に到着した。おそらく高級住宅地なのだろう。途中から大きな家ばかりが目につき、敷地の広さに驚いてばかりだった。そしてそういう並み居る豪邸の中でも、マクラード家の邸宅は群を抜いていた。

ほとんどの家は垣根がなくオープンな雰囲気なのだが、マクラード邸は広大な敷地を高い鉄柵《てっさく》がぐるりと取り囲んでいて、大きな門のところには警備員がふたり立っていた。彼らはアモンの顔を見ると、にこやかに挨拶《あいさつ》して門を開けてくれた。

家の中に森がある――。そう思うほどの豊かな自然の中を、車は数分走り続けた。広い芝生の庭が見え、その向こうにお城のような豪邸が現れた。

「すごい家……。やっぱりプールなんかもあるんだ？」

庶民的な質問しかできない自分が恥ずかしい。でもアモンは笑いもせず答えてくれた。

「ああ。プールは野外に大小ふたつ、室内プールがひとつ、他にもテニスコートが二面、バスケットコートが一面、あと屋内ジムにはスカッシュコートも併設されている」

家の中にそれだけの設備があるなんて、珠樹にはもうまったく想像もつかない世界だ。リサの言葉が嬉しくて、深く考えずに来てしまったが、急に不安になってきた。

「庶民の俺なんかが遊びに来てよかったのかな？　なんか場違いみたいで気が引ける」

「余計な心配はするな。リサは本当に会いたがっていたから、お前の顔を見れば喜ぶ」

アモンの言葉に励まされて車を降り、家の中に入った。珠樹の家全部が入ってしまいそうな広い玄関ホールに圧倒されていると、黒い背広を着た初老の男性がにこやかに近づいてきた。

「ユージンさま、お帰りなさいませ。お連れ様もようこそいらっしゃいました」

英語だったがアシュトレトの魔法がまだ効いているおかげで、言葉は理解できた。

「彼は羽根珠樹だ。俺の大事な客だから失礼のないように」

「もちろんでございます。羽根さま、お目にかかれて光栄でございます。私《わたし》は執事のアッテンボローと申します。なんでもお申しつけくださいませ」

珠樹は日本語で「聞き取れるけど、英語は喋《しゃべ》れないんです、ごめんなさい」と謝り、自分のことは珠樹と呼んでくれと言った。アモンがすぐ通訳してくれる。アッテンボローは笑顔で大きく頷いてくれた。

「アッテンボロー。母さんはどこにいる？」

「リサさまはリビングルームにおいでです」

「そうか。では挨拶してくる」

アモンと一緒に歩きながら、珠樹は小声で「もうすっかりユージンなんだね」とからかった。アモンはわずかに肩をすくめ、「どうかな」とぼやいた。

「以前のユージンとは別人みたいだとよく言われる。ユージンの遊び仲間からは嫌われたみたいだ」

遊び人だったユージンがいきなり朴念仁に変わってしまって、周囲の人間は驚いているだろう。でもユージン自身、自分の生き方を悔いていた。アモンが演じるユージンには満足しているはずだ。

「母さん、ただいま。珠樹も一緒だ」

広いリビングルームのソファに腰かけて本を読んでいたリサは、「まあっ」と笑い立ち上がった。

「お帰り、ユージン。珠樹、よく来てくれたわね。また会えて嬉しいわ」

リサはアモンの頬にキスし、珠樹のこともハグしてくれた。リサのことは好きだ。お金持ちなのに気取ったところがないし、珠樹にも優しくしてくれる。

幼い頃に両親を亡くした珠樹は、母親のことをほとんど覚えていない。そのせいかリサを見ると自分の母親はどんな人だったのだろうと思い、妙に恋しい気分になってくるのだ。

「おじいさまは自分の部屋に？」

「ええ。頭痛がすると仰《おっしゃ》ってたから横になっているかもしれない。挨拶はあなたひとりで行ったほうがいいわね。珠樹のことは夕食の席で紹介すればいいわ」

アモンは珠樹にすぐ戻ると告げ、リビングルームから出ていった。リサは珠樹の手を取り、ソファに座らせた。

「珠樹、再会できて本当に嬉しいわ。バハマではゆっくりできなかったから気になっていたのよ」

「俺もリサにまた会えて嬉しいです。お招きいただいて本当にありがとうございます。素晴らしいお宅ですね。俺みたいな庶民が入ってもいいのかなって、ちょっとドキドキしました」

冗談半分に言ったらリサが「何を言ってるの」と少し悲しげな表情を浮かべた。

「あなたはユージンの大事な人なんでしょ？　そんな寂しいこと言わないで」

「え……。大事な、人……？」

ギクッとした。まさかと思ったら、リサは「あの子から聞いているわよ」と茶目《ちゃめ》っ気たっぷりにウインクした。

「あなたたち、お友達じゃなくて恋人なんですってね」

「ア、いえ、ユージンがそう言ったんですか？」

「そうよ。ユージンはバハマから帰ってきてから、別人のように真面目に働いているわ。以前は毎日のように遊び歩いていたのに、それもやめて大人しくしているし、週末にはここに帰ってきて家族と一緒に過ごしてる。あの子の放蕩《ほうとう》に頭を悩ませていた父も、孫が生まれ変わったみたいだと喜んでいるの。それで不思議に思って、どうして急に変わったのか聞いてみたのよ。そしたらあの子、珠樹が自分を変えてくれたんだって言ったの。珠樹を心から大切に想っているって」

冷や汗が出そうだった。ふたりの関係をユージンの家族に言うわけがないと思い込んでいたので、油断していた。アモンに口止めしなかったのは自分のミスだ。

「あ、あの、すみません。俺とユージンはその、なんて言うか――」

「いいのよ、珠樹。私は反対なんてしないし、ふたりの関係を応援するつもりだから」

にこやかに言われて拍子抜けした。

「だけどユージンが結婚しなかったら困りませんか？　跡取り問題とか」

「ユージンには兄がいるの。早くに結婚して息子がふたりいるわ。だから跡取りの心配はない。あの子には好きに生きていってほしいと思ってる」

リサは珠樹の手を握り「あなたには感謝してるのよ」と呟いた。

「ユージンを変えてくれてありがとう。あの子は私や主人への反発心が強くて、問題を起こすことで対抗しているみたいだった。本当は優しいし頭もよくて優秀なのに、いつも何かに苛立《いらだ》っているせいで、自分の能力を発揮できずにいたの。だけど今は違う。やっと心の平穏を得て、あの子は落ち着いたわ。みんなあなたのお陰よ。本当にありがとう、珠樹」

目尻《めじり》に涙を溜《た》めてリサが微笑む。ほんの少し胸が痛んだ。中身がアモンである以上、騙《だま》しているという気持ちは拭《ぬぐ》いきれない。でもユージンはこうなることを望んでくれた。自分ができなかったことをアモンに託したのだから、これは悪いことではないのだ。

「いいえ、俺は何もしていません。ユージンは自分で気づいて自分で変わったんだと思います」

「きっかけをくれたのはあなたよ。これからもあの子のこと頼むわね。仲よくしてやってちょうだい」

「はい。もちろんです」

リサは申し訳なさそうに、ユージンの祖父は頭が硬いので、男同士の恋愛は理解できないだろうから、友人として紹介させてほしいと言った。本当にごめんなさいね、と謝られ、珠樹は「いいんです」と頭《かぶり》を振った。

「俺もそのほうが気は楽だし。ユージンのおばあちゃんは、もう亡くなったんですか？」

「ええ。私の母は十年ほど前に他界したの。ユージンはおばあちゃん子だったから、すごく悲しんで大変だった。……写真があるわ」

リサはサイドテーブルの上に置かれていた写真立てを掴み、珠樹に見せた。

「これはユージンが十四歳の頃の写真よ。隣にいるのが私の母の幸子《さちこ》」

写真の中にはまだ幼さの残るユージンと、優しそうな初老の日本人女性が写っていた。満面の笑みを浮かべるユージンは、祖母の肩を抱いて楽しそうに笑っている。

「幸子さんは日系人ですか？」

「いいえ。日本生まれよ。仕事で来日した父が接待の席で通訳として来ていた母を見初めて、アメリカに連れて帰ってしまったの。相当強引だったらしくて、母はよく『誘拐されてきたようなものよ』って笑っていたわ」

他人事とは思えなかった。なんだか自分と似ている。

「……ユージンがね。最近、よく昔の話をしてくれるの。あの時、私と喧嘩《けんか》になったのは、本当はこういう理由で怒っていたんだとか、あれは本当は寂しくて嫌だったとか、あとからすごく後悔したとか。単に気難しい子だって思っていたけど、あの子なりにいろんなことを考えていたことがわかって、私も反省したわ。嫌がられても、もっとあの子の心に踏み込んであげればよかった」

アモンはユージンの記憶と想いを理解している。きっとユージンが伝えられなかった過去の気持ちを、代わりに伝えてあげているのだろう。

「ユージンはいつもリサに深く感謝しています。あなたを心から愛しています。だからもう自分を責めないでください」

自分が言うのもおこがましいと思ったが、ユージンの気持ちを代弁したくなった。ユージンも本当は生きてその気持ちをリサに伝えたかっただろう。

「ありがとう、珠樹。……ひとつ聞きたいことがあるの。あなた、アメリカに来る気はない？　日本は遠いわ。ユージンもあなたも離ればなれじゃ寂しいでしょ？　もしあなたがこっちで暮らしたいと思うなら、私、なんでも協力するわ。グリーンカードだって取ってあげる」

グリーンカードは確か永住権のことだ。外国人が取得するのは難しいと聞いたことがある。政財界に顔が利くだろうマクラード家ともなれば、どこかに頼めば簡単に手に入るのかもしれない。

「リ、リサ、お気持ちはすごく嬉しいんですけど、俺は日本が好きなんです。祖母が残した家もありますし、こっちでずっと暮らすってわけには……」

リサは残念そうに「そうなの？」と引き下がった。

「でもし、気が変わったらいつでも相談してね。……あら」

リサが急に目を丸くした。なんだろうと思った瞬間、耳に生暖かいものが当たった。

「うわ……っ」

飛び上がって振り向いたら、目の前に真っ黒い物体があった。

「サ、サリサリ……っ？」

そこにいたのはユージンのペットの黒豹《くろひょう》、サリサリだった。ソファの背もたれに前足をかけて立っている。サリサリに耳を舐められたのだ。

「うわーっ。会いたかったよ、サリサリ！　おいでっ」

呼んでやるとサリサリは俊敏に飛び上がり、一瞬で背もたれを超えて珠樹に飛びついてきた。ざらざらした舌で顔を舐められる。珠樹は笑って「くすぐったいよ」と顔を背けた。

サリサリはひとしきり舐めると、次は珠樹の膝《ひざ》の上で寝転がり、お腹《なか》を見せた。猫と違って大きいので、乗られるとかなり重い。でもその大きい身体で、全身で甘えてくるところが可愛くてたまらなかった。

「珠樹にすごく懐いているのね」

サリサリのお腹を撫でていると、リサが驚きを隠せないといった表情で言った。

「懐いているのは俺だけじゃないでしょ？」

「この子、ユージン以外には愛想なしよ。私が呼んだって来やしない。気位が高いっていうのかしら」

意外だった。誰にでもこんな猫みたいな感じかと思っていたのに、そうではなかったらしい。

「ユージンもサリサリも手懐けてしまうなんて、珠樹ってすごいわね。猛獣使いの素質があるんじゃない？」

リサの冗談に返事をしたのは、戻ってきたアモンだった。

「俺もそう思う。珠樹は悪魔でさえ手懐けてしまえる男だ」

「あら、悪魔まで？　すごいわね」

アモンの言葉を冗談だと思ったのか、リサは可笑《おか》しそうに笑った。

3

「あー美味《おい》しかった。あんなすごいご馳走、初めて食べたよ」

珠樹はゲストルームに入るなり、行儀悪くベッドに倒れ込んだ。ふかふかのベッドの上で身体が弾む。すかさずサリサリも飛び乗ってきて、珠樹の隣でゴロゴロし始めた。

サリサリの黒いツヤツヤした毛並みを撫でながら、「毎日、お抱えシェフが料理してくれるなんてすごいよね」とアモンに話しかけた。

「俺はお前のつくった料理が一番好きだぞ」

ベッドの端に腰かけたアモンが真顔でそんなことを言う。お世辞じゃないから反応に困る。

「ありがとう。ユージンのおじいちゃん、ちょっと怖そうな感じがしたけど、面白い人だね」

「ああ。彼はなかなか興味深い男だ」

夕食で挨拶したユージンの祖父、ヘンリーは八十歳近い高齢ながら、背筋はピンと伸び、声にも張りがあり、不思議な迫力があった。日本好きということもあり、アモンに通訳してもらいながら、いろんな質問に答えたが、何かにつけ亡き妻の話を持ち出してくるのが微笑ましかった。愛妻家だったのだろう。

「そういえば、アシュトレトは来なかったね」

「最近、ポールの身体に飽きてきているようだ。次は女の身体がいいと言っていたから、適当な人間を物色しているのかもな」

女になったアシュトレトを想像すると、気持ち悪くて鳥肌が立ちそうだった。飽き性な悪魔って最悪だと思ったが、助けてもらった相手なのであまり悪口も言えない。

「シャワーを使うか？」

アモンの大きな手で頬を撫でられる。ドキッとしたが珠樹は平静を装い、「あ、うん。そうだね」と頷いた。アモンは自分の部屋を持っているが、今夜は当然というかやっぱりというか、この部屋に泊まっていくつもりだろう。

ということは、あれだ。アモンと久しぶりに、あれをすることになる。実をいうとカナダの山荘以来なのだ。ひとえに十四時間の時差とタイミングの問題で、別に避けていたわけではない。

珠樹は先にシャワーを浴びることにして、バスルームに入った。シャワーブースはガラス戸で区切られていた。バスタブは金の金具でできた猫足つきで、ものすごくお洒落なバスルームだった。

シャワーブースで頭と身体を洗ったあと、バスタブにお湯を溜めて身体を浸した。気持ちいい。瞬間移動してきたのだから、別に長旅をしたわけでもないはずなのに、妙に疲れ切っていた。温かいお湯の中で全身の筋肉がゆるんでいくのがわかる。

アモンとエッチするのは嫌じゃない。というか珠樹もしたいと思っている。でもあらためてこれから……と思うと、恥ずかしくて構えてしまう。

キスはもう何度もした。それ以上のことも数回。いつだったか明け方頃、スーツ姿のアモンにキスされて起きたことがあった。仕事の合間に抜け出して、珠樹に会いに来てくれたのだ。寝ぼけていたので珠樹は大胆になり、アモンに深いキスをせがんだ。

キスが気持ちよすぎて股間《こかん》が熱くなり、気づいたアモンに手で慰められた。珠樹を達《い》かせるとアモンは何事もなかったかのように消え、珠樹はまた眠ってしまった。朝になって目が覚めた時、しばらくは欲求不満で変な夢を見てしまったようだと反省していたが、事実だと気づいて死ぬほど恥ずかしくなった。

エッチするのが恥ずかしいというより、アモンに愛撫《あいぶ》されて恥ずかしい声を出したり、我を忘れて快感に溺《おぼ》れてしまう姿を見られたりするのが恥ずかしい。

バスローブを着て部屋に戻ると、アモンが交代でバスルームに向かった。珠樹はベッドの上でサリサリとごろごろしていたが、猛烈な眠気が襲ってきた。五分だけ、アモンが出てくるまで、ちょっとだけ寝ようと思って目を閉じたら、そのまま意識がなくなった。

どれくらい眠ったのか、ハッと目を開けるとあたりは暗く、珠樹は一瞬、自分がどこにいるのかわからず動揺した。天井まである大きな窓から、月の光が差し込んでいる。

「……起きたか？」

隣からアモンの声が聞こえてホッとした。そうだ。ここはユージンの実家だった。

「ごめん。寝ちゃったんだね。起こしてくれればよかったのに」

寝返りを打ってアモンのほうに身体を向ける。アモンは裸だった。毛布から肩や胸が覗《のぞ》いている。

「寝息を立てて熟睡しているお前を見たら、起こせなくなった。考えてみれば、お前は一晩中起きていたことになる。疲れて当然だ。朝までゆっくり寝ろ」

「……それでいいの？　アモンは俺と、その、したくないの？」

アモンは急に珠樹の鼻に噛《か》みついてきた。もちろん軽くだが、突然の行動にびっくりした。

「な、何？　なんで噛むの？」

「お前が馬鹿げたことを言うからだ。したくないわけがないだろう。俺はずっとずっと我慢してきたんだぞ。お前を抱きたいに決まってる。俺の気持ちも知らないで無神経すぎる」

無神経――。まさかその言葉をアモンから言われる日が来るとは思わなかった。

「ごめん。……あの、じゃあ、する？　俺はいいよ。っていうか、俺はしたい」

恥ずかしかったが今夜の機会を逃せば、次はいつ一緒に朝まで過ごせるかわからない。だから思い切って言ってみた。アモンは「誘っているのか？」と楽しげに珠樹の首筋に唇を押し当ててきた。

「さ、誘ってなんか……っ、いるけどさ」

鎖骨のあたりを吸われて、くすぐったくて身体が縮こまる。隣で寝ていたサリサリが「うるさいから寝てられないよ」とばかりにベッドを降りてしまった。

「だったら遠慮しない。お前を抱くぞ。いいんだな？」

「うん。いいよ。……アモン、今日はありがとう。すごく楽しかった。大好きだよ」

両腕を回して抱きつくと、アモンは興奮したように頬をすり寄せ、激しく唇を押し当ててきた。熱いキスに夢中で応《こた》える。それだけでもう息が上がり、胸が躍ってしまう。

真っ暗だった部屋に淡い灯《あか》りがともった。いきなりナイトランプが点灯したのだ。アモンが力を使ったことより、なぜ急に明るくしたのかが気になった。

「ど、どうして灯りをつけるの？」

「お前の裸を見るために決まってるだろ。全部この目に焼きつけたい」

真面目な顔つきで言われて顔が熱くなった。

「俺の裸なんて見たってしょうがないのに……」

「興奮する。肉体を持っていると五感をフルに使いたくなるんだ。目で見て手で触れて、お前の甘い声を聞いて、匂《にお》いを嗅《か》いで、全身を舐めて味わいたくなる。限りなく欲望がこみ上げてきて、獣になってしまいそうだ」

切なそうに目を細めて囁くアモンは、いつもの落ち着き払ったアモンとは別人みたいだった。

「じゃあ、いつも我慢してたの？」

「そうだ。肉体の衝動はまだいい。制御するのは難しくない。だが魂はいつだってお前を求めている。肉体以上にお前を恋しがり、融合したいと渇望している。それを抑え込むのは至難の業だ」

いつだって涼しい顔で会いに来ていたから、アモンがこんな情熱を隠し持っていたなんて知らなかった。ただセックスがしたいという話ではないのだろう。アモンの求めているものは、もっと深くもっと真摯《しんし》でもっと切実なものに思える。

「俺、どうしたらいいの？　アモンの気持ちに応えるために、どうしたらいい？」

「俺のすべてを受け入れてくれるだけでいい。今にも溢れそうな俺のこの欲望を、この愛情を、受け止めてくれ、珠樹……」

珠樹は黙って頷き、アモンの背中に両腕を回して強く抱き締めた。きっと難しく考えることはないのだろう。心のままにアモンを受け止めればいいのだ。

アモンは珠樹の着ていたバスローブの前を開くと、あらわになった素肌に熱い唇を落とし始めた。胸の小さな実を丹念に舐められ、珠樹は身体をびくびくと震わせた。男の乳首なんて意味のない飾りみたいなものだと思っていたが、アモンに舐められ吸われ、甘く歯を立てられると腰の奥から疼《うず》くような快感が湧き上がってきて、背筋が弓のようにそり上がってしまう。

片方を舐められ、片方を指で弄《いじ》られる。必死で唇を閉じていても恥ずかしい声が漏れてくる。

「……ふ、んぅっ、あ、くぅ……っ」

自分のものとは思えない、鼻にかかった甘ったるい声。嫌だと思うのに声は止まらない。

乳首だけで喉《のど》が枯れるほど喘《あえ》がされた。アモンは次に、すでに頭をもたげている珠樹の性器を愛撫しだした。射精に導くための愛撫ではなく、ひたすら舐めるだけの愛撫は、気持ちいい反面、もどかしくて切なくなってきた。まるで犬がお気に入りの骨を与えられて、延々としゃぶっているかのような生殺しの刺激だ。

先端を吸い、全体をしゃぶり、つけ根を舐め、さらに下のふくらみも口に含まれる。アモンはそれだけでは飽き足らず、珠樹を俯《うつぶ》せにして腰だけを高くさせて、後孔へと続く部分も愛撫した。

まさかと思っていたら、やっぱり最後は窄《すぼ》まりにまで舌を差し込まれ、珠樹は涙目になり「駄目っ」と頭を振った。

「そ、そこは駄目、しなくていい……っ」

「嫌だ。すべて俺のものだ。これから俺が入る場所なんだから、丁寧にほぐしてやる」

もう完全に野獣のスイッチが入ってしまったアモンは、珠樹の制止など聞かず、夢中でそこを舐めてくる。唾液《だえき》がくぼみに溜まり、それを啜《すす》る音まで聞こえて耳を塞《ふさ》ぎたくなった。

恥ずかしい。でも気持ちいい。アモンのいやらしい舌の動きにそそのかされ、今にも射精しそうだ。

「ローションをつけた指を入れる。力を抜け」

いつの間にローションなんか用意したんだろうと思ったが、もう魔法でもなんでもいいと思った。アモンの濡《ぬ》れた指が狭い孔《あな》に進入してくる。散々舐められたそこは充血して脹《ふく》らんで、アモンの指を柔らかく呑み込んでいくのが自分でもわかった。

「たまらない柔らかさだ。珠樹のここは喜んで俺を受け入れている」

そんな感想を言われても困る。珠樹が羞恥《しゅうち》をこらえていると、アモンの指の動きが複雑になった。

二本に増えた指が中で暴れている。指の腹で内側をこすられる。押し開かれる。そのたびヌチュ、ヌチャと濡れた淫《みだ》らな音が響き、卑猥《ひわい》すぎて聞くに堪えなかった。

アモンの指が快感の鉱脈を掘り当てた。ある一点をグイッと押されると、腰が蕩《とろ》けそうになる快感が湧き上がり、切羽詰まった声が出た。

「ここか？　ここが気持ちいいのか？」

アモンの指はそこを集中的に責め始めた。クチュクチュと音を立てながら、アモンの指が激しく動き始める。

「あ、だ、駄目……っ、そんなにしないで、あ、はぁ、んん……っ。ん、はふぁ、ああ、駄目……っ」

駄目と言いながら身体はもっと快感を欲しがっていた。珠樹はシーツに頭を擦《こす》りつけながら、アモンの指をもっと深く受け入れるように、背筋を弓なりに反らして腰を高く突き出していた。

「どんどん中が柔らかくなってくるぞ。でも入り口は俺の指を噛みちぎるように、強く締めつけてくる。この中に入りたい。もう入ってもいいか？」

「いい、来て……っ。早く、アモンの、挿《い》れて……っ。指じゃ駄目、一緒にしたい、アモンのが、アモンのが欲しい……っ」

自分でも何を言っているのかわからないまま、珠樹はもどかしさに腰を揺らした。ただただ、アモンが欲しかった。アモンの熱を感じたかった。

「わかった。俺ももう我慢できない。珠樹の中に入って、奥深くに男の精を放ちたい」

アモンは指を引き抜くと、そこに自身のものを押し当てた。先端が触れる感覚に、珠樹の胸は苦しいほど高鳴った。

「入るぞ、珠樹」

低い囁きと共にたくましいものが、ぐぐっと入ってきた。指より太いそれは多少の圧迫感を伴ったが、さほどの痛みもなく珠樹の中に収まった。

内側がジンジンと熱く疼いている。自分のそこが疼いているのか、アモンの雄が強く脈打っているのか、その区別もつかなかったが、最奥《さいおう》まで受け入れると不思議な安堵《あんど》感に包まれた。

アモンは深い吐息をつき、ゆっくりと腰を使い始めた。太い棒が中を擦り上げて動いていく。もうどこが気持ちいいとか、どうすれば気持ちいいとか、そういう問題ではなかった。どうされても快感しか湧いてこない。痛みもあるが、興奮しているせいかまったく気にならなかった。

「あ、ん……、アモン、いい……、そこ、気持ちいい、もっと、もっと突いて、俺の中に来て……」

もっとアモンを感じたい。深く深く受け止めて、ひとつになりたい。そんな気持ちが淫らな言葉となって口を突いて出てくる。羞恥心もどこかに吹き飛んでいた。

「こうか？　こうされるのがいいのか？」

アモンの腰が激しく動く。珠樹は「いいよ、いい、すごくいい」と譫言《うわごと》のように繰り返した。

「中がアモンでいっぱい、全部、埋め尽くされていく……アモンしか感じない、アモンだけで奥までいっぱいだよ」

「ああ。俺だけ感じてくれ。俺も珠樹だけを感じている。俺とお前の魂が、溶けて混じり合っていくのを感じる。お前の中にある欠片《かけら》が、激しく燃えて俺を呼んでいる……」

アモンのいうように、快感とは別の熱が身体の中で滾《たぎ》っているようだった。熱く激しく燃える炎で全身を覆い尽くされているみたいだ。

「アモン、俺もう駄目、すぎてもう……っ、あ、出る、出るよ、気持ちいいの出ちゃう……っ」

「出せ。俺もお前の中に出す。構わないか？」

激しく腰を動かしながら、アモンは珠樹のペニスを掴んだ。先走りが溢れて濡れたペニスをヌルヌルと扱《しご》かれ、珠樹は声もなく首を振った。

「いい、出してっ。アモンの熱いの、俺の中に……っ。全部、中に注いで……っ」

もう我慢できず、珠樹は限界まで腰を突き出した。アモンのものを奥まで受け入れたくて夢中だった。アモンが獣のような唸《うな》り声を上げた。その声を聞いた瞬間、珠樹のペニスは弾《はじ》けた。

「アモン、ああ……っ」

その瞬間、頭の中で真っ白な光が爆発した。快感というより無我の境地に達したようで、珠樹は快感の波が過ぎ去ると死んだようにベッドに倒れ込んだ。

「……すごい。セックスって、こんなにすごいんだ」

「俺も同じことを思った。これはもはや小さな核融合だな」

珠樹の隣に身体を横たえたアモンは、溜め息をこぼすような口調で言った。たくましい胸が汗で濡れている。

「今まで人の身体に入った時に、経験してこなかったの」

「セックスは何度か経験しているが、魂のレベルで交わり合うセックスは初めてだ」

魂のレベル――。なんだかわからないが、すごい話だ。珠樹とアモンは魂でセックスしたらしい。

「俺、自分が何を言ったかはっきり覚えてないんだけど、すごいエッチなこと言ってなかった？」

「言ってたな。可愛かったぞ」

アモンはにやついた表情を浮かべ、珠樹の頬にキスをした。

「……恥ずかしい。忘れてよ。あんなの俺じゃない」

「いや、忘れない。絶対に忘れない。ひとりの夜に思い出して楽しませてもらう」

「アモンの意地悪っ」

拳《こぶし》で胸を叩いてやったがアモンは痛がりもせず、逆に笑って珠樹を抱き締めた。珠樹はしばらくふくれっ面でいたが、あることを思い出し、アモンに相談したくなった。

「……あのね。リサに言われたんだ。俺にアメリカで暮らしたらどうかって。アモンももしかしたら、そうしてほしいと思ってる？　俺がアメリカに来たら嬉しい？」

「それは嬉しいに決まってる。できることなら一緒に暮らしたいさ。だがお前にはお前の生活がある。病院の仕事も気に入っているようだし、あの家も大事だろう？　すべて捨ててアメリカに来てくれとは言えないな」

アモンは珠樹の気持ちを理解してくれている。嬉しい反面、申し訳ない気持ちも感じていた。

自分の仕事なんていつだって転職できる職種だし、家だって思い出の詰まった場所ではあるけれど、絶対に住み続けないといけないというわけではない。日本から離れたくないというのは、自分の我儘ではないだろうかという気持ちが拭いきれない。

アモンは珠樹のために、人として不自由な生活を送っているのだ。アモンにばかり苦労をさせて、自分は何も犠牲を払わないのは不公平だ。

「でもこのままだと俺も辛《つら》いよ。アモンはいつも会いに来てくれるけど、それだけじゃ寂しいし。俺、こっちに来ることも考えてみる」

リサには無理だと言ったが、アモンのために前向きに考えてみようと思った。

「いいんだ、珠樹。お前にとって日本を、あの家を離れるのは、とても辛いことだろう」

「だけど――」

アモンが人差し指で、珠樹の唇を軽く押さえた。

「実はまだ正式な決定ではないんだが、俺は日本に行けそうだ」

「え？　行けるって、遊びにじゃなくて、住むってこと？」

「そうだ。少し前にマクラード家傘下の会社が、日本の電子機器メーカーを買収した。ヘンリーは今後、そのメーカーに資本をつぎ込み、アジア展開の拠点工場にしたいと思っているんだ。それでそのメーカーの社長として、俺が派遣されるかもしれない。ヘンリーは俺の経営手腕を認め始めている。

俺が今の会社の経営悪化を短期間で改善させているからだ。目標値にまで達したら、おそらく日本に行かせてもらえるだろう」

突然の知らせにびっくりした。アモンが日本で暮らせるかもしれない。

「すごい。もしそうなったら、一緒に生活できるよね？」

「ああ。一緒に起きて、一緒に食事をして、一緒に眠れる。毎晩、一緒だ。早く報告したかったが、決定してからのほうがいいと思って我慢していた。だが今日、ヘンリーと話した時、ほぼ決まりだと言われた」

珠樹は嬉しくて我慢できず、アモンに飛びついた。ギューッと抱きつき、裸の胸に頬擦りする。

「嬉しい！　夢みたいだ。アモンと日本で暮らせるなんて。いつ来るの？」

「順調にいって夏頃だな。まだしばらくは俺がお前の家に通うことになるが、我慢してくれ」

「するよ。いくらでもする。夏なんてあっという間に来るもん」

アモンは「待ち遠しいな」と優しい目で珠樹を見つめた。

「俺も。俺もすごく待ち遠しい。アモンのおかげで今日は最高の休日になったよ」

珠樹とアモンは見つめ合いながら、幸せな気持ちでとびきり甘いキスを交わした。

あとがき

このたびは拙作をお買い上げいただき、ありがとうございます。リンクスさまからはこれが初めての本になります。本作は去年、雑誌に掲載していただいたお話で、「ニューヨークの休日」のみ書き下ろしとなります。

担当さまから「ファンタジーはどうですか？」とご提案いただき、このお話が出来上がりました。ファンタジーといっても設定は現代だし、攻めが人外なだけでそれほどファンタジーっぽい内容にならず反省。

もっと壮大な感じを出したかったのですが、珠樹《たまき》の性格のせいかほんわかした雰囲気になってしまいました。アモンはアモンで傲慢攻めかと思いきや、へたれの朴念仁だし（笑）。個人的にはサリサリに癒されました。黒いモフモフ萌え。

アモンの友人のアシュトレトも好きなキャラです。雑誌で彼を主役にした「神さまには誓わない」という短編を書かせていただいたのですが、人間を見下す傲慢なアシュトレトがケーキ職人の青年と恋に落ちるという内容でした。人間を好きになった時、悪魔側には悪魔側の辛さや苦しみがあり、書いていてちょっぴり切なくなりました。

とはいえアモンと珠樹はラブラブで幸せそうなので、これから日本で仲よく暮らしていってもらいたいものです。

イラストを担当してくださった円陣闇丸《えんじんやみまる》先生。雑誌に引き続き、お世話になりました。お忙しいところ、素敵なイラストをありがとうございました。デビュー前からファンでしたので、ご一緒させていただく機会に恵まれ幸せです。長年の夢が叶いました。

担当さま。雑誌掲載時は原稿が遅れたりして、ご迷惑をおかけしました。その節は申し訳ありませんでした。担当さまにイベントでお声をかけていただいたのは、もう何年前のことでしょう。思い出せないほど昔ですね。やっとご一緒させていただき、こうやって本が出せましたことを嬉しく思います。本当にありがとうございました。

この本の出版や販売にかかわってくださった皆さまにも、心よりお礼を申し上げます。

最後になりましたが、読者の皆さま。ここまでのおつき合い、ありがとうございます。いつもとは少し毛色の違ったお話になりましたが、いかがでしたでしょうか。よろしければ、ご感想などぜひお聞かせください。大きな励みになります。

二〇一三年七月　英田《あいだ》サキ

初出

ファラウェイ	２０１２年 小説リンクス４、６月号掲載
ニューヨークの休日	書き下ろし

この本を読んでの
ご意見・ご感想を
お寄せ下さい。

〒151-0051
東京都渋谷区千駄ヶ谷4-9-7
(株)幻冬舎コミックス　リンクス編集部
「英田《あいだ》サキ先生」係／「円陣闇丸《えんじんやみまる》先生」係

リンクス ロマンス

ファラウェイ

2013年7月31日　第1刷発行

著者……………英田《あいだ》サキ
発行人…………伊藤嘉彦
発行元…………株式会社　幻冬舎コミックス
〒151-0051　東京都渋谷区千駄ヶ谷4-9-7
TEL 03-5411-6431（編集）
発売元…………株式会社　幻冬舎
〒151-0051　東京都渋谷区千駄ヶ谷4-9-7
TEL 03-5411-6222（営業）
振替00120-8-767643
印刷・製本所…共同印刷株式会社
検印廃止

万一、落丁乱丁のある場合は送料当社負担でお取替致します。幻冬舎宛にお送り下さい。本書の一部あるいは全部を無断で複写複製（デジタルデータ化も含みます）、放送、データ配信等をすることは、法律で認められた場合を除き、著作権の侵害となります。定価はカバーに表示してあります。

©AIDA SAKI, GENTOSHA COMICS 2013
ISBN978-4-344-82889-6 C0293
Printed in Japan

幻冬舎コミックスホームページ　http://www.gentosha-comics.net

本作品はフィクションです。実在の人物・団体・事件などには関係ありません。